Brigitte Giraud

*Die Liebe
ist doch sehr überschätzt*

Aus dem Französischen von
Anne Braun

S. Fischer

Die Originalausgabe erschien 2007 unter dem Titel
»L'Amour est très surestimé« bei Editions Stock, Paris
© Editions Stock, 2007
Für die deutsche Ausgabe:
© 2008 S. Fischer Verlag, Frankfurt am Main
Satz: H & G Herstellung, Hamburg
Druck und Bindung: CPI – Clausen & Bosse, Leck
Printed in Germany
ISBN 978-3-10-024422-2

»Die Liebe ist doch sehr überschätzt.«
Dominique A, »Überschätzt«

Ende der Geschichte

Die Geschichte ist eigentlich schon zu Ende, aber du weißt es noch nicht. Er steht da, vor dem Fenster, und du ärgerst dich, weil er das Tageslicht verdeckt. Du siehst nicht mehr ihn, sondern das Licht, das er daran hindert, ins Zimmer zu fallen. So fängt es an. Er ist da, und seine Anwesenheit stört dich. Du wartest nicht mehr auf ihn. Du kommst abends nach Hause und schaltest das Radio ein. Ein flüchtiger Kuss auf die Wange, nachdem man sich die Schuhe abgestreift hat. Dann setzt das Schweigen ein. Du weißt nicht, wie es dazu gekommen ist. Seit wann es schon so geht. Du bist davon ausgegangen, dass es nicht mehr vorkommen würde. Nicht mit ihm, nicht bei dir. Du kanntest das alles schon, die Tücken des Alltags, das übliche Einerlei, die Einkäufe. Es sieht ganz so aus, als würde Waschmittel die Liebe töten. Du hast es nicht erwartet, du weigerst dich, dich in ein derartiges Klischee pressen zu lassen. Trotzdem – der Rauch seiner Zigarette stört dich. Das ist ein erstes Anzeichen. Doch du willst die Anzeichen nicht deuten.

Du hast es nicht kommen sehen, aber du liebst ihn nicht mehr. Du musst es überprüfen. Um ganz sicher zu gehen. Doch die Zweifel lassen sich nicht ausräumen. Ehrlich gesagt liebst du ihn noch und liebst ihn auch nicht mehr. Du müsstest dich endlich entscheiden, diese Unsicherheit ist nervtötend. Du liebst ihn doch, denkst du, aber es stört dich enorm, wenn er im Bademantel durchs Wohnzimmer geht. Wenn er sich in diesem Aufzug vor den Fernseher setzt, mit noch feuchten, nach hinten geklatschten Haaren. Ihn selbst liebst du vermutlich noch, aber diese sich Tag für Tag wiederholende Szene geht dir gegen den Strich. Aber Moment – nur nichts durcheinanderbringen. Fest steht, dass du sehr wohl noch zärtliche Gefühle für ihn hegst. Doch ganz offensichtlich sagt man das, wenn man nicht mehr liebt. Je mehr Zärtlichkeit man verspürt, desto weniger liebt man, richtig? Aber wer kann diese beiden Dinge schon genau unterscheiden? Zärtlichkeit verspürt man, wenn kein Verlangen mehr da ist. Man streicht sich vor dem Einschlafen über die Wange. So ähnlich wie Pimprenelle und Nicolas, die beiden Marionetten aus dem »Sandmännchen«.

An diesem Punkt seid ihr noch nicht. Ihr schlaft noch miteinander, das steht fest. Recht häufig sogar und mit Überzeugung. Aber du findest, dass er sich dabei irgendwie ungeschickt anstellt. Ist das wirklich der Fall oder bist du auf einmal anspruchsvoller und nörglerischer geworden? Seit wann geht es schon so? Und warum ist es einem früher nie aufgefallen?

Du verdrängst den Gedanken, ihn nicht mehr zu lieben. Du hältst es für unnötig, mit ihm darüber zu reden. Folglich behältst du es für dich und sagst dir, dass du die Sache mit dir selbst klären musst. Du versuchst, dich damit abzufinden. Du akzeptierst, dass dich vieles stört: sein Gang, sein Verhalten, die Musik, die er hört, machst aber kein Drama daraus. Du wirst unangenehm. Manchmal verletzend, doch das versuchst du zu tarnen. Aber irgendwann kannst du dich nicht mehr beherrschen. Es entgleitet dir. Du reihst Vorwurf an Vorwurf, wirst deiner Mutter immer ähnlicher. Du beginnst, dich dafür zu hassen. Du fängst dich wieder, willst eurer Beziehung noch eine Chance geben. Du gibst dich sanft, versöhnlich, entgegenkommend, eben so, wie es nötig ist, um die Beziehung wiederzubeleben. Hauptsache, du bist nicht gezwungen, das Problem anzusprechen. Eine Woche vergeht, vielleicht auch zwei. Ihr geht ins Kino, ladet Freunde ein, fahrt übers Wochenende in die Berge. Du versuchst dir einzureden, dass du dich in etwas verrannt hast. Er ist doch der Mann deines Lebens! Du warst einfach zu ungerecht, ungeduldig, übertrieben anspruchsvoll. Was bildest du dir ein? Dann vergisst er irgendwann seine Schlüssel, und das bringt dich auf die Palme, er versucht, dich an den Hals zu küssen, und du machst eine unwillige Geste. Du sagst, du hättest gerade keine Zeit. Um Ausreden bist du nicht verlegen. Du denkst, es sei alles seine Schuld. Seit wann ist alles seine Schuld? Wann hat es angefangen?

Du wühlst in deinem Gedächtnis, nimmst jedes Detail unter die Lupe. Du verfolgst jede Spur, brauchst Beweise. Du kannst dir nicht vorstellen, dass du nachlässig gewesen sein könntest, das sähe dir gar nicht ähnlich. Du willst dir nicht eingestehen, dass du dich täuschen konntest. Nein, du hast eine bessere Meinung von dir. Doch je mehr du nachgrübelst, desto weniger begreifst du, was passiert ist. Du lässt im Geiste den ganzen Film vor dir ablaufen, vom ersten Tag an. Die erste Begegnung nach einer Tanzaufführung. Euer erstes Telefongespräch. Das erste gemeinsame Abendessen. Die erste gemeinsame Nacht. Die ersten gemeinsamen Ferien: Biarritz, das Hotel über dem Meer, der stürmische Wind und der entfesselte Ozean. Die

10

erste gemeinsame Rückkehr aus den Ferien. Eure traurigen Blicke bei der Vorstellung, euch trennen und wieder zur Arbeit gehen zu müssen. Nein, da gibt es nichts, das dich hätte alarmieren müssen. Dass er im Wagen geraucht hat, hat dich kein bisschen gestört. Abends im Restaurant hat er viel getrunken, und du hast mitgetrunken. Er hat sein Feuerzeug verlegt, seine Brille, seine Papiere, und das fandest du romantisch. Du fandest ihn rührend. Er war einzigartig, so ungezwungen, aber auch zerstreut. So anders, wie du fandest. Die erste gemeinsame Wohnung, die ihr besichtigt habt, daran kannst du dich ganz genau erinnern. Ihr wart euch einig, in allem. Alles war euch recht. Weder die Feuchtigkeit schreckte euch ab, noch der Lärm, die miserable Heizung oder die kleinen Räume. Das war euch egal. Du hattest nur Augen für ihn. Ihr besaßt nichts außer der Zukunft, die vor euch lag. Ihr hieltet euch für unsterblich. Ihr hattet alle Zeit der Welt.

Und die Zeit jetzt, was machst du daraus? Du zerstörst sie. Du wägst ab, vergleichst, interpretierst. Du machst die Zeit zu einem Wertemaßstab. Der Mann deines Lebens ist ein Versuchskaninchen geworden. Man stellt ihn auf die Probe, sperrt ihn in Kästchen, jeweils in das, das einem gerade in den Kram passt. Man weist ihm einen Platz zu. Man räumt ihm eine Funktion ein. Man verlangt, dass er sich in genau diesem Rahmen bewegt. Man behandelt ihn wie ein Objekt, über dessen Nutzung nur man selbst entscheidet. Man verfügt über ihn nach Lust und Laune. Man hat eine ungefähre Vorstellung davon, was er tun, denken und akzeptieren muss. Man will ihn erziehen, umerziehen. Man liebt ihn nicht mehr. Man hat ihn seiner Substanz entleert, ihn benutzt. Er steht vor dir, mittellos und erschöpft. Und so einen Mann wolltest du nicht haben. Ein leeres Gehäuse, dessen Inhalt du eingeatmet hast. Kann man ein Gehäuse lieben? Kann man einen Mann lieben, der nicht aufbegehrt?

Hat das alles schon am ersten Tag begonnen? Hast du diese Geschichte selbst zerstört? Man sagt, dass jedem Anfang schon das Ende innewohnt. Wer ist also schuld? Derjenige, der den anderen verschlungen hat? Oder derjenige, der sich verschlingen ließ?

Der Sommer des Wartens

Marie Trintignant, die Schauspielerin, liegt im Sterben. Sie befindet sich in einem Flugzeug, das sie nach Frankreich zurückbringt. Vor knapp zwei Stunden sind sie in Vilnius gestartet. In der Nacht wird sie hier eintreffen. Seit drei oder vier Tagen liegt sie schon im Sterben. Ich denke unaufhörlich an Marie Trintignant.

Ich bin zu Hause. Ich arbeite nicht. Es ist Ende Juli und ich packe meine Umzugskartons aus. Nichts geschieht. Es ist warm; immer wieder gibt es Gewitter. Die Bäume hinten im Garten drohen unter dem Wind und dem Hagel zusammenzubrechen. Es ist schon spät, als ich aufstehe. Ich schalte das Radio ein und habe Angst, ich könnte hören, dass Marie Trintignant gestorben ist. Wo Bertrand Cantat ist, weiß man nicht. In den Händen der litauischen Polizei. Man sah ihn im Fernsehen, in Handschellen, im Flur eines Hotels. Er hielt den Kopf gesenkt. Lange Haare und gesenkter Kopf. Marie Trintignant sei gestürzt und habe sich am Kopf verletzt. So lautete die erste Meldung. Aus einem »heftigen Streit« wurden dann »Schläge« und schließlich »Verletzungen«. Dann war die Rede von »unterlassener Hilfeleistung«. Mit jeder Meldung spitzten sich die Ereignisse noch mehr zu. Ein Streit, der ausartete. Eine Konfrontation. Aus dem Streit wurde mit der Zeit ein »Verbrechen«. Bertrand Cantat hat ein Verbrechen begangen. Es gibt Worte, die man nicht über die Lippen bringt.

An dem Tag, an dem Marie starb, ist auch Bertrand gestorben. Und wir waren alle sprachlos, fühlten uns mitschuldig an dem, was passiert ist. Schuldig, wie immer deshalb, weil wir es nicht verhindern konnten. Wir konnten nur noch sagen: Bertrand Cantat, das bin ich. Auch wir haben etwas nicht wieder Gutzumachendes getan. Wir waren zu keinem klaren Gedanken mehr fähig. Unser Bedürfnis, das Geschehene verstehen zu wollen, bestürzte uns zutiefst. Unser Bedürfnis nach Trost. Der Sommer war nicht mehr derselbe. Es war der Sommer des Endes. Das Ende der Liebe, das Ende der Musik, das Ende des Kinos. Das Ende der Illusionen über die Liebe. In uns war etwas gestorben. Kinder haben ihre Mutter verloren. Und da war Maries

Körper, der am Himmel entlang flog. Da war die Stimme von Bertrand Cantat, der ein weiteres Mal im Nichts verschwand. Die Stimme, die um Verzeihung bat. Verzeihung. Ich habe es nicht gewollt. Verzeihung. Bevor er im Gefängniskrankenhaus verschwand. Es war der Sommer des Wartens. Eine Woche Warten. Die Nachricht von dem »Unfall« platzt am frühen Abend auf einen herein, man kann es gar nicht glauben. Man begreift noch nicht, was das Wort »Koma« bedeutet. Da man Geschichten mit Happy End liebt, ist man davon überzeugt, dass auch diese Geschichte ein gutes Ende nehmen wird. Man hat uns gelehrt, dass die Prinzessin am Ende immer wieder aufwacht. Vor allem dann, wenn der Prinz nicht fern ist. Man hat uns Lügenmärchen erzählt. Wir wollen nicht, dass der Prinz das Mädchen in den Schlaf versetzt. Doch so läuft es nicht. Man glaubt, die Reporter würden übertreiben, um sich wichtig zu machen. Man hört, dass Bertrand Cantat unter Alkohol- und Medikamenteneinfluss stand. Medikamente? Man kann sich denken, dass es kein Aspirin war. Der Gedanke an Drogen liegt nah. Die Reporter verwenden die Worte Rock und Alkohol im gleichen Atemzug. Sie sagen »der Sänger der Rockgruppe Noir Désir«. Völlig normal, dass sich in den Köpfen ihrer Hörer Rockmusik auf Alkohol

und Drogen reimt. Das kann niemanden scho-
ckieren. Rockmusik hat etwas Zerstörerisches. Es
musste folglich böse enden. Rockmusik ist gefährlich, sie bedeutet, schnell zu leben und jung zu sterben. Die Reporter hätten sagen können, dass sich
diese Geschichte im Rahmen der Tournee abspielte,
von der man den ganzen Juli geredet hat. Das
Showbusiness ist tödlich. Da steht man doch lieber
in einer Fabrik am Fließband. Als man die Nachricht am ersten Abend hört, ist man skeptisch.
Weil das Ganze in Litauen passiert ist. Man urteilt
mit der Überheblichkeit eines kleinen Franzosen.
Man sagt sich, dass sich die litauischen Ärzte garan-
tiert irren. Ein baldiges Dementi kann nicht aus-
bleiben. Es wird eine Wendung zum Guten geben.
Im Übrigen sind französische Ärzte schon auf
dem Weg nach Vilnius. Das lässt hoffen. Sie sind
doch viel besser ausgebildet. Sie werden sofort auf-
decken, was diesen Schwachköpfen aus Litauen
entgangen ist. Lieber ein Koma in Paris als ein
Schädeltrauma in Vilnius. Dann ist von einer Operation als letzte Chance die Rede. Man klammert
sich an jeden Strohhalm. Man hofft. Man denkt an
die Kinder von Marie Trintignant. Man will das
Radio gar nicht mehr einschalten, aus Angst, man
könnte erfahren, die Operation sei missglückt. Man
denkt an die Kinder. Wo sind sie untergebracht,

16

während ihre Mutter bei Dreharbeiten so weit weg ist? Bei ihren Vätern? Man erfährt, dass Marie vier Kinder von vier verschiedenen Männern hat. Manche Leute sind bestens informiert. Diejenigen, die alles wissen. Diejenigen, die einen auch über die Hintergründe aufklären. Man denkt an ihren Vater, Jean-Louis Trintignant, einen Schauspieler, den man mag. Die Nachricht schlägt ein wie ein Blitz, und manche Leute sagen, dass solche Geschichten nur Stars zustoßen. Nur Stars leben im Hotel. Nur Stars spazieren im Juli durch Vilnius, statt wie jeder normale Franzose in La Grande Motte zu sein. Nur Stars lassen sich bis zur Bewusstlosigkeit mit Alkohol voll laufen und sind bis um sieben Uhr in der Früh nicht mehr zurechnungsfähig. Stars können sich alles erlauben. Sie zertrümmern das Bad ihres Hotelzimmers, werfen das Bidet aus dem Fenster und bestellen dann im allerletzten Moment ein Taxi, um der Hölle zu entkommen. Man trifft Leute, die Stars hassen. Die angewidert das Gesicht verziehen und sagen: »Eigentlich sollte man noch Mitleid mit ihnen haben!« Manche Leute sind so neidisch, dass sie behaupten, ihr eigenes Leben sei ihnen sehr viel lieber als das eines Künstlers. Sie sagen, sie legten absolut keinen Wert darauf, ständig den Partner zu wechseln, zu reisen oder Interviews zu geben. Absolut nicht.

Sie sagen, wenn man so endet wie der Sohn von Depardieu, nein danke. Ein Bein amputiert zu bekommen, das passiert schließlich keinem x-beliebigen Durchschnittsbürger. Die Nachricht schlägt ein, und sie geht einem seltsam nahe. Man selbst ist kein Star, man geht Tag für Tag brav zur Arbeit. Man geht ins Kino, man kauft Musik-CDs. Man kauft im Schlussverkauf. Man selbst ist kein Star, gönnt sich manchmal einen Besuch in der Cafeteria der Galeries Lafayette und fühlt sich so nah. Man weiß nicht, wie es sich abgespielt hat, hat keine Ahnung vom eigentlichen Drama. Aber trotzdem fühlt man sich im Auge des Wirbelsturms. Man ist im selben Alter. Man hat dieselben Ansprüche an das Leben. Dieselbe kompromisslose Lebenseinstellung. Man fühlt sich nah, vermutlich weil man selbst schon mit dem Tod in Berührung gekommen ist. Man schwebte selbst schon am Rande des Abgrunds. Man wollte, dass Marie aus ihrem Koma erwacht. Um es nicht noch einmal durchleben zu müssen. Damit Bertrand es nicht auch durchleben muss. Weil man sich nicht eingestehen kann, dass am Ende des Wartens der Tod steht. Warten bedeutet Hoffnung. Andernfalls würde man nicht warten.

Tage vergingen, stumme Nächte. Am Morgen wollte man hören, was es Neues von Marie gibt.

Man lebte in ständiger Angst. Man fühlte mit Bertrand Cantat mit, der aus seiner Bewusstlosigkeit erwacht war, endlich wieder die Augen geöffnet hatte. Man wurde zu Bertrand Cantat, der eine schreckliche Dummheit begangen hatte und sich nun eingestehen musste, dass diese Dummheit kein Traum war. Beim Erwachen steckte man in der Haut von Bertrand und weigerte sich, der Realität ins Auge zu blicken. Man weigerte sich, etwas mit der Realität zu tun zu haben, ihre Hauptperson zu sein. Man schaute lieber betreten zu Boden. Man betete zusammen mit Bertrand. Man glaubt nicht an Gott, und doch war es unmöglich, ihn nicht anzuflehen, weil man nicht wusste, an wen man sich sonst hätte wenden können. Mach, dass Marie nicht stirbt. Mach, dass es diese Nacht nie gegeben hat. Mach, dass ich noch einmal zurück kann. Nur ein paar Stunden. Lass nicht zu, dass mir die Frau genommen wird, die ich liebe. Mach mich wieder zu einem Menschen. Mach, dass ich sie um Verzeihung bitten kann.

Die Tage vergingen und niemand begriff, was für eine Wut so zerstörerisch sein kann, dass sie zu töten vermag. Woher diese Wut kam. Niemand machte sich die Mühe, es verstehen zu wollen. Man hörte Statistiken über misshandelte Frauen. Der menschliche Schmerz wurde in statistische Zahlen umgesetzt, wie immer. Auch die Opfer von Verkehrsunfällen werden in den Tabellen der Ministerien zu Zahlen. Die Geschichte zwischen Bertrand Cantat und Marie Trintignant wurde zu einem Studienobjekt für Soziologen. Es war widerlich.

Der Sommer ging vorüber. Hin und wieder hörte man von dem Prozess, der am Rande Europas geführt wurde. Dann erschien das Buch der Regisseurin Nadine Trintignant, der Mutter von Marie, mit dem Titel: »Marie – meine Tochter, mein Leben.« Allgemeines Unbehagen bei seinem Erscheinen. Eine erstaunlich hohe Auflage. Der Herbst verging. Die Musik von »Noir Désir« wurde auf keinem Sender mehr gespielt, selbst zu Hause wagte man es nicht mehr, sich *Des visages, des figures* anzuhören. Man blieb sprachlos, voll und ganz in die Sache verstrickt. Man wagte nicht mehr, der Stimme von Bertrand Cantat zu lauschen, aus Angst, darin Anspielungen auf das zu hören, was später passiert ist; man hatte Angst, in seiner Stimme etwas Verräterisches zu hören, man wollte nicht Gefahr laufen, in seiner Stimme nach einem Anhaltspunkt zu suchen, einem Sandkorn, und man hatte Angst vor etwas noch Schlimmerem, nämlich davor, gar nichts zu hören und nicht zu verstehen, was später geschehen ist. Aus denselben Gründen wollte man auch den Fernsehfilm

mit Marie Trintignant in der Rolle der Colette
nicht mehr sehen. Man fürchtete den Anblick eines
Gesichts, in dem man kleinste Muskelbewegungen
erkennen könnte, man hätte dieses Gesicht genau
studiert und nach Anzeichen gesucht, das diese
amour fou und dann das amouröse Drama hätten
erahnen lassen. Und mit derselben Beklemmung
blätterte man die Illustrierten durch, die Klischees
vor Augen, die während der Dreharbeiten für diesen Film in Litauen aufgenommen worden waren,
hier Marie, dort Bertrand, fotografiert nach einem
anstrengenden Arbeitstag, sowie die unfassbaren
Kommentare der Journalisten; und man beneidete
Marie und Bertrand, die man nur noch bei ihren
Vornamen nannte, man war neidisch, weil sie diese
Leidenschaft erlebt hatten, die man ganz objektiv
betrachtet in ihren Augen fast gar nicht erkennen
konnte. Aber wer legt schon Wert auf Objektivi-
tät? Man wollte sich von dieser Liebesgeschichte
anderer mitreißen lassen, und wie üblich sah man
nur das, was man sehen wollte, sprang einem das
ins Auge, was man uns sehen lassen wollte. Nur
deshalb gibt es die Fotos in den Illustrierten, die
ohne die jeweiligen Bildunterschriften ein absolu-
ter Flop wären. Anschließend konnte die Zeit der
Trauer beginnen, der lange Tunnel des Schweigens
und der Einsamkeit. Ich dachte an all die Kinder,

deren Mutter tot war, an jene, deren Vater ein Verbrechen begangen hatte. Ich überlegte mir, was man diesen Kindern wohl erzählte. Von Bertrand Cantat sprach irgendwann niemand mehr. Er musste nun seine wirkliche Strafe abbüßen. Wegen Totschlags. Es schickte sich nicht, ihn sich als Trauernden vorzustellen. Aber ich stellte ihn mir als einen trauernden Mann vor und tue es noch heute. Dass man getötet hat, hindert einen nicht daran, hinterher zu trauern.

Tag und Nacht

In der größten Verwirrung, zu einem Zeitpunkt, an dem ich im Begriff stehe, den Boden unter den Füßen zu verlieren und ständig darüber nachgrüble, ob ich bleiben oder gehen soll, fragst du mich, ob du das Badezimmer ockergelb oder sandfarben streichen sollst. Du siehst mich um zehn Uhr morgens aus unserem Schlafzimmer kommen, mit total verquollenem Gesicht, weil ich die ganze Nacht versucht habe, das Unbehagen, das uns zu ersticken droht, mit Worten zuzudecken, und stellst mich vor die Wahl: ockergelb oder sandfarben. Du teilst mir auch mit, dass wir einen neuen Duschvorhang brauchen und wegen des Heizkessels den Monteur anrufen müssen. Ich schaue dich nur an und sage, ich wisse es nicht. Du bist sichtlich erstaunt, dass es mir gleichgültig ist, denn normalerweise überlasse ich nichts dem Zufall. Du legst die Farbmusterpalette auf den Küchentisch, neben meinen Kaffeebecher, und gehst alle in Frage kommenden Farben noch einmal durch. Ockergelb, Sandfarben oder vielleicht auch Safrangelb, du zögerst, gehst ans Fenster, um die Farben im Tageslicht zu betrachten. Du sagst, dass man Ockergelb ja mit neutraleren Fliesen kombinieren könne, du fragst, was ich davon halte. Da ich noch immer schweige, weil ich es nicht fassen kann, dass du so viel Energie in eine Wandfarbe investierst, die einer von uns beiden vermutlich nie zu sehen bekommen wird, versicherst du mir, dass es natürlich noch weitere Farben gibt, wenn mir das lieber wäre, von anderen Firmen. Ich sage, das hätte doch noch Zeit und sei nicht eilig, füge hinzu, dass wir wahrlich schwerwiegendere Probleme zu lösen hätten. Ich spiele auf die gerade erst zu Ende gegangene Nacht an, auf das, was wir uns an den Kopf geworfen haben, Sätze voller Vorwürfe und Zweifel. Ich sage, dass ich keine Ahnung habe, wie es weitergehen soll. Du gehst ins Badezimmer, um die Wände abzumessen und auszurechnen, wie viele Eimer Farbe wir brauchen. Aber wo zum Kuckuck ist der Meterstab? Mitten in der Küche packst du deine Werkzeugkiste aus, bald liegt alles auf dem Boden: Zangen, Beißzange, Schraubenzieher. Du willst wissen, ob ich nicht irgendwo deinen Meterstab gesehen habe, schließlich weiß ich doch immer, wo alles ist. Du machst die Badezimmertür auf und zu, rennst mehrmals durch die Küche, während ich meine Hände um den Kaffeebecher gelegt habe, um sie zu wärmen. Das Licht schmerzt in meinen Augen, mein Magen ist verkrampft. Du weißt nicht, welche Farbe wir nehmen sollen, möchtest wissen, ob mir matt oder glänzend lieber wäre. Du streichst mit der Hand über die Küchenwand, über die Stelle, die ich anstarre, in der Nähe des Kalenders, auf dem wir unsere Termine und Pläne notieren, du streichelst die Wand und kommst zu dem Schluss, dass glänzend vermutlich die bessere Lösung wäre. Du wartest auf meine Zustimmung, doch da ich schweige, wiederholst du das bereits Gesagte, da es dir offenbar nichts ausmacht, Monologe zu führen. Du lässt deine Werkzeuge auf dem Boden herumliegen, ich räume den Tisch ab, du misst die Wände des Badezimmers aus, und ich muss warten, bis ich endlich unter die Dusche kann. Du sagst mir, dass der Raum mit einem Vorhang in einer lebhaften Farbe, Rot zum Beispiel, sehr viel freundlicher wirken würde. Aber Ockergelb und Rot, das wäre vielleicht doch etwas zu gewagt, nicht wahr?, hakst du nach. Ich hülle mich weiterhin in Schweigen, sage nur, dass es schon spät ist und ich mich beeilen muss. Wenig später höre ich dich telefonieren, du machst einen Termin für die Reparatur des Heizungskessels aus. Du rufst mir zu, ob mir der nächste Mittwoch, am späten Vormittag, passt. Ich bin gezwungen, etwas zu antworten, der Installateur ist am anderen Ende der Leitung, und ich muss wohl oder übel sagen, dass mir der Mittwoch passt. Während ich dies sage, denke ich mir, dass ich am nächsten Mittwoch vielleicht gar nicht mehr hier bin. Ich stehe lange unter der Dusche, habe keine Lust, mich anzuziehen, doch ich muss die Kinder von der Schule abholen. Ich ärgere mich über diesen vergeudeten Morgen, an dem ich rein gar nichts gemacht habe. Du stehst mitten im Flur, und ich habe keine Lust, an dir vorbeizugehen, dich gar zu streifen, du wärst in der Lage, mich an die Wand zu pressen, als wenn nichts wäre. Du wärst fähig, meinen Morgenmantel zu öffnen, obwohl wir bis vor wenigen Stunden damit beschäftigt waren, über die Gründe für unser Scheitern zu diskutieren. Ich frage mich, ob unsere nächtlichen Gespräche noch irgendwie in dir nachhallen, doch es ist unmöglich, dir etwas anzumerken, dir irgendwelche Nachwirkungen anzusehen, und ich frage mich, ob ich mich nicht richtig ausdrücken kann oder ob du nicht richtig zuhören kannst. Ich bin mir nicht einmal mehr sicher, ob wir dieselbe Sprache sprechen. Dabei habe ich versucht, jedes der wichtigen Worte in einfache, klare, direkte, unmissverständliche Sätze zu kleiden, ohne heftig zu werden, um dir begreiflich zu machen, wie sehr mir dieses Leben inzwischen widerstrebt. Ich habe dir keine Vorwürfe gemacht, ich wollte nur wissen, was du empfindest. Dann endlich hast du den Mund aufgemacht, deine Meinung gesagt, die Stimme gehoben, wir mussten aufpassen, denn die Kinder schliefen ganz in der Nähe. Danach ergriff ich wieder das Wort und versuchte, einen Schritt weiter zu gehen, ich wollte auf die zentrale Frage zu sprechen kommen, doch ich durfte nichts überstürzen. Ich überließ dir wieder das Wort, du hast wiederholt, was du schon gesagt hattest, ich habe mich vermutlich auch wiederholt, jeder von uns verschanzte sich hinter seinen eigenen Argumenten, unser Gespräch verwandelte sich in zwei Monologe im Leerlauf. Doch tapfer versuchte ich auf das zu sprechen zu kommen, was mir auf dem Herzen lag, auf die Liebe, der einzige Punkt, der mich interessiert: Ich wollte wissen, ob du mich noch liebst. Und es passierte genau dasselbe wie jedes Mal, du wurdest plötzlich schweigsam, und je eifriger ich redete, desto müder wurdest du. Meine Worte sind offenbar wirksamer als jedes Schlafmittel. Ich habe gesagt, dass ich dich verlassen würde, und du hast die Augen zugemacht. Ich war-

tete auf eine Antwort auf meine Frage, und prompt
bist du in einen Tiefschlaf gefallen, an Ort und
Stelle weggedriftet, auf einen Schlag ausgegangen
wie ein Gerät, dessen Stecker man gezogen hat.
Wenig später hörte ich dich tief und regelmäßig
atmen, und jetzt, am nächsten Morgen, sagst du,
ich solle mich zwischen Sandfarben und Ockergelb
entscheiden. Du fragst mich, was wir am nächsten
Wochenende machen, für welchen Tag wir deine
Eltern einladen, wohin wir in Urlaub fahren und
was wir den Kindern zu Weihnachten schenken.

Es den Kindern sagen

Wir müssen den Kindern sagen, dass sich ihr Leben verändern wird, mit scheinheiligen und feigen Worten. Wir werden ihnen sagen, dass sie sich keine Sorgen zu machen brauchen. Ihre Eltern lieben sie, das ist das Wichtigste, werden wir ihnen mehrmals versichern. Ihre Eltern sind am Ende, erschöpft von den schlaflosen Nächten, den Versuchen zu retten, was noch zu retten war, den langen Tunneln der Bewusstlosigkeit, der entflohenen Hoffnungen. Aber sie werden sich vor sie stellen und fast lächelnd zwei Sätze aussprechen, maximal zwei oder drei Sätze, eigens zurechtgelegt für diese spezielle Situation, eine Abfolge von Wörtern, die unsere Liebe und das Ende unserer Liebe zum Ausdruck bringen, der Liebe, die wir für sie empfinden und der Liebe, die zwischen uns erloschen ist. Zwei Sätze, die etwas in ihnen sterben lassen werden, nachdem auch in uns etwas gestorben ist. Wir werden uns mit den Kindern zusammensetzen, heute Abend, haben wir beschlossen, vor oder nach dem Essen, das wissen wir noch nicht. Wir werden uns alle vier ins Wohnzimmer setzen oder an den Küchentisch. Wir hatten uns überlegt, ob wir es vielleicht doch nicht am Abend machen sollen, weil gleich darauf die Nacht folgt. Den Morgen wollten wir auch vermeiden, weil gleich danach die Schule kommt. Wir wollten es vermeiden, unsere Kinder unglücklich zu machen, aber dennoch werden wir jetzt die Statistiken bestätigen. Wir werden versuchen, die Sache zu relativieren, indem wir uns der großen Schar jener anschließen, bei denen die Mamas von den Papas getrennt leben. Wir werden ihnen den Beweis liefern, dass die Liebe nichts wert ist, jedenfalls nicht das, was man uns hatte glauben lassen. Wir werden ihnen auf einen Schlag ihre Illusionen rauben, ihnen einen Vorgeschmack darauf geben, wie es ist, wenn etwas unvollendet bleibt. Sie werden uns in einem ganz neuen Licht sehen, erbärmlich und schuldbewusst, ausweichend. Wir werden ein letztes Mal »wir« sagen und danach wie alle getrennt lebenden Eltern reden; wir werden »dein Vater« oder »deine Mutter« sagen, und vor allem werden wir zur ersten Person Einzahl übergehen. Wir wer-

30

den versuchen, uns unsere Verletztheit nicht allzu sehr anmerken zu lassen. Heute Abend werden wir noch »wir« sagen: »Wir müssen mit euch reden« und »Papa und ich, wir haben beschlossen …«. Wir haben beschlossen, in Zukunft nicht mehr »wir« zu sagen, das ist natürlich eine Art Einschränkung, aber auch eine Art Spiel, eine spannende Schnitzeljagd mitten im tiefen Wald, ihr werdet sehen, welchen Spaß es machen wird. Euer Papa wird auf der einen Seite sein, eure Mama auf der anderen, und ihr werdet sie nie mehr zusammen sehen, weil jeder in seiner eigenen Hütte sitzt. Aber keine Angst, es ist nicht wie in der Geschichte vom kleinen Däumling, Papa und Mama werden euch nicht im Stich lassen, ganz im Gegenteil, sie werden um euch kämpfen, sogar zu Feinden werden, nur um euch behalten zu können. Ihr werdet sehen, es wird ein tolles Abenteuer werden, Papa und Mama werden dauernd versuchen, euch eine Freude zu machen, ihr werdet zwei Mal Weihnachten und zwei Mal Geburtstag feiern können, und ihr werdet auch zwei Fernseher und zwei Zimmer haben. Ihr werdet sehen, wie schnell ihr groß werdet, ihr werdet lernen, eure Taschen allein zu packen, an eure Teddybären und Medikamente zu denken. Ihr werdet zu Glücksrittern der Moderne werden, immer in Bewegung; mit euren Siebensachen auf dem Rücken werdet ihr lernen, ganz allein auf Reisen zu gehen, ihr klettert in den Bus und steigt an der zwölften Haltestelle wieder aus. Mit Papa geht ihr zum Frisör und mit Mama zum Zahnarzt, zu Oma Jeanne geht ihr mit Papa und zu Oma Yvonne mit Mama. Ihr werdet staunen, um wie viel reicher euer Leben sein wird, wie sich euch neue Welten erschließen, ihr werdet zweimal dieselbe Situation erleben, dürft ans Meer und auch in die Berge fahren, ihr werdet häufiger ins Kino gehen, mehr Eis bekommen, zwei Schlafanzüge haben. Ihr werdet eine Menge Extras genießen. Ihr werdet zu Kalenderexperten werden und lernen, die Tage zu zählen, auszurechnen, wann die Hälfte der Ferien vorbei ist und gerade und ungerade Wochen auseinanderzuhalten. Ihr werdet zu Zugvögeln, fast so etwas wie Pendler. Man wird euch erwarten, sich auf euch freuen, eure Rückkehr wird ein Fest sein, ihr werdet keine vom Alltag erschöpften, gleichgültigen Eltern mehr haben, Eltern, denen eure Dummheiten oder eure Einschlafprobleme auf die Nerven gehen. Mit jeweils nur einem Elternteil werdet ihr fast ein bisschen wie Einzelkinder sein. Ihr werdet euch fast alles erlauben können, denn ihr werdet leiden; ihr werdet zu hören bekommen, dass ihr verstört seid, und wenn ihr in der Schule schlechte Noten habt, wird das völlig normal sein. Wenn ihr gute Noten habt, wird das eine Überraschung sein, wenn ihr Kopfschmerzen oder Bauchschmerzen habt, ist das nicht weiter verwunderlich, und egal, was ihr tut: Es wird die Schuld eurer Eltern sein, die sich getrennt haben. Man wird euch vorschlagen, einen Psychologen aufzusuchen, einen freundlichen Herrn, mit dem ihr über all eure Probleme sprechen könnt. Dabei werdet ihr gar nicht begreifen, von was für Problemen die Rede ist, denn es geht euch gut. Ihr werdet auf dem Pausenhof um euch kicken, ihr werdet euch manchmal den Kopf an einer Wand anschlagen, ihr werdet Bilder in Schwarz- und Rottönen malen, immer dieselbe Feuersbrunst, aber es geht euch bestens. Ihr werdet bei Papa brav sein und auch bei Mama, ihr möchtet dem einen und dem anderen gefallen, ihr werdet wahre Engelchen sein und beide eure Eltern in Schutz nehmen. Ihr werdet kleine Botschafter sein, diejenigen, von denen man alles erfahren kann, ihr werdet hier und da Sätze aufschnappen, während einer Mahlzeit, bei einem Telefongespräch, und es so einrichten, dass die Informationen weitergegeben werden, in aller Unschuld werdet ihr wegen eurer eigenen Ängste Zweifel verbreiten. Ihr werdet in Angst leben, macht beim Schulfest die Augen zu, wenn Papa auf Mama zugeht, ihr wollt nicht sehen, wenn sie sich unter dem überdachten Teil des Schulhofs von Angesicht zu Angesicht gegenüberstehen und miteinander reden, ihr werdet in der Angst und auch in der Hoffnung leben, dass eure Eltern erneut beschließen könnten, zusammenzuleben. Ihr werdet seltsame Gefühle haben, am Abend in eurem Bett, und vielleicht nicht immer gleich einschlafen können; manchmal werden euch komplizierte Dinge durch den Kopf gehen, ihr stellt euch vor, das alles sei vielleicht eure Schuld, und Kinder seien der Grund, warum ihre Eltern sich trennen. Ihr werdet euch sagen, dass es vielleicht besser wäre, wenn es euch gar nicht gäbe, ihr werdet sehnsüchtig darauf warten, endlich größer zu werden. Es wäre euch lieber, wenn man euch vergäße, ihr werdet an Mauern entlang schleichen, in sämtlichen Widersprüchen gefangen sein, ihr möchtet nicht stören, habt aber Angst, gar nicht zu existieren. Ihr werdet in diesem Hin- und Hergerissensein gefangen sein, das kann nicht gut gehen. Ihr werdet im Entzug sein, würdet die Zeit gern zurückdrehen, sehnt euch nach eurer Kindheit zurück, macht wieder ins Bett. Ihr werdet euch weigern, größer zu werden, ihr kaut hundertmal auf demselben Bissen Fleisch herum. Ihr möchtet beide wieder im selben Zimmer schlafen und bald auch im selben Bett, der ältere Bruder und die kleine Schwester. Ihr werdet nur noch bei Licht und bei offener Tür schlafen können. Ihr wollt zusammen schlafen, wie Papa und Mama früher, ihr liegt ausgestreckt nebeneinander, und ihr, ihr werdet euch niemals trennen.

Du fehlst mir schon jetzt

Du musst am Samstag zu einer Lesung nach Marseille fahren, hast aber ganz vergessen, es mir zu sagen. Ich war seit Wochen davon ausgegangen, wir würden endlich wieder einmal zwei Tage für uns haben. Endlich einmal Zeit nur für uns zwei. Vielleicht wegfahren. Um dem Alltag zu entkommen, den du als so belastend empfindest. Ich fand es schon schade, dass du am 26. Oktober, meinem Geburtstag, *unterwegs* sein würdest. Ich hatte mich damit abgefunden, diesen Tag allein zu verbringen, da du *unterwegs* sein würdest. Aber ich habe mir gesagt, dass wir vielleicht am Abend etwas Zeit miteinander verbringen könnten – falls du nicht zufällig erst mitten in der Nacht zurückkehren würdest –, bei einem Abendessen in einem Restaurant, damit ich meine zweiundvierzig Lebensjahre besser verdauen könnte. Aber gut, ich habe mich im

Laufe der Jahre daran gewöhnt, keine allzu großen Träume mehr zu hegen. Um mich zu trösten, habe ich mir eingeredet, es sei doch nicht weiter schlimm, da wir anschließend ja ein ganzes gemeinsames Wochenende vor uns hätten. Das war doch nicht zu viel verlangt, oder? Nur ein Wochenende, also etwas Normales, Banales, Grundlegendes. Genau, ein grundlegendes Verlangen. Etwas, das jedem Normalbürger zusteht. Und ich dachte ehrlich gesagt sogar, dass es auch in deinem Sinne wäre, mal wieder ein Wochenende mit mir zu verbringen. Dass du dich darüber freuen würdest. Ich ging sogar so weit, mir einzubilden, dass es für dich Vorrang hätte. Aber wie kann man sich zu einer derart unsinnigen Hoffnung hinreißen lassen? Wie vermessen, nicht wahr, ein Wochenende mit seinem Ehemann verbringen zu wollen, etwas, das seit dem Sommer sowieso nicht mehr vorgekommen war. Seit zwei Monaten geht hier alles drunter und drüber, arbeiten wir wie die Wahnsinnigen, fährst du kreuz und quer durch Frankreich, um Lesungen und Vorträge zu halten und um wichtige Leute zu treffen. Deine ganze Zeit, deine ganze Energie, deine ganze Liebe gilt deinem Schreiben, deinen Projekten, deinen Lesungen, deinem Publikum. Du widmest dein Leben irgendwelchen anonymen Menschen, mit denen du dir deinen Lebensunterhalt verdienst. Dahinter steckt sogar eine gewisse Logik. Du gehst zu jenen, die dich lieben, anderswo, in fremden Städten, fern deines Heims. Für sie konzentrierst du dich, an sie denkst du, für sie wählst du Texte aus, bist bereit, auf zunehmend persönlicher werdende Fragen zu antworten. Du wirst erwartet, du bist begehrt, du bist einzigartig. Du existierst, weil deine künstlerische Arbeit existiert. Du bist glücklich, fern von zu Hause. Und wenn du nach Hause zurückkehrst, müde aber zufrieden, wirst du leider nicht so empfangen, wie du es dir wünschen würdest. Du ziehst deine Lederjacke aus, die dir so gut steht, schlüpfst in Pantoffeln, die klack-klack machen, du knipst dein Lächeln aus, störst dich am Anblick des Katzenklos. Du bist auf einmal kein Held mehr, kein ganz besonderer Mensch. Nicht mehr der Schriftsteller, ohne den das Leben der Leser – und besonders der Leserinnen – keinen Sinn mehr hätte. Du verwandelst dich erneut in meinen Ehemann und ich mich in deine Frau, und die Show ist zu Ende. Du wirst wieder zum Vater deiner Kinder. Du wirst wieder zu einem Mann, der, wie ich zugeben muss, sehr viel banalere Entscheidungen zu treffen hat als jene, dir geistreiche Widmungen auszudenken, die du vorne in deine Romane schreibst; du musst dich mit den Klauseln der Autoversicherung herum-

schlagen; ein Stapel Post und die Resultate deines
medizinischen Check-ups erwarten dich. Nachdem
du Tag für Tag zu hören bekommen hast, wie ein-
zig- und großartig deine Werke sind und welch ent-
scheidenden Beitrag du zur Literaturgeschichte
und zum Wohle der Menschheit geleistet hast,
fängt nun eine ganz andere Geschichte an, eine
wesentlich banalere Geschichte, die absolut nichts
mit der hehren Welt der Literatur zu tun hat. Es ist
eine alltägliche Geschichte, die eines Mannes und
einer Frau, die zusammen Kinder haben. Klar –
eine solche Geschichte könnte auch jeder Bauer
im tiefsten Hinterland erleben, ebenso wie jede
beliebige Supermarktkassiererin oder die Wähler
des Front National, sie ist so banal, dass jeder Da-
hergelaufene sie auch haben könnte, wie du sagst,
und deshalb machst du dir nicht viel daraus und
hältst sie für unter deiner Würde, der Würde eines
begnaaadeten Schriftstellers. Du hast etwas Besseres
verdient als eine Familie, bestehend aus Ehefrau
und Kindern, die auf dich warten, die dir zu Füßen
liegen, die sich dir schon immer angepasst, sich mit
deiner häufigen Abwesenheit abgefunden haben,
deinem Bedürfnis nach Alleinsein und nach Freiheit, damit du in aller Ruhe auf deine Eingebungen
warten kannst. Du hast etwas Besseres verdient als
eine Frau, die alles andere als originell ist, keine

Filmschauspielerin und nicht einmal Journalistin
ist. Eine Sozialarbeiterin, man stelle sich vor: wahrlich kein Beruf, der einen vom Hocker reißt. Die
dich allerdings liebt; hast du etwas Besseres verdient
als eine Frau, die dich liebt? Was bildest du dir
eigentlich ein? Seit Jahren schon richte ich mich in
Sachen Urlaub stets nach dir; ich schlage Wochen-
endeinladungen aus, weil du zu tun hast – ah, du
hast vergessen, es zu erwähnen, es ist unverzeihlich
von dir, wie du sagst – wegen eines Seminars in
Italien. Seit Monaten jongliere ich nun schon mit
meinen Arbeitszeiten, um die Kinder zum Judo zu
bringen, zum Gitarrenunterricht oder zu Kinder-
geburtstagen. Und ich selbst gehe schon lange
nicht mehr aus, weder ins Theater noch ins Kino
oder zu einem Essen im Restaurant, zu irgendwelchen Vernissagen, weil ich tausend andere Ver-
pflichtungen habe, kochen und die Kinder ins Bett
bringen muss. Aber vielleicht auch deshalb, weil
ich im Laufe der Zeit begriffen habe, dass mich
Verlockungen von außerhalb nicht mehr reizen: die
Illusion flüchtiger Begegnungen, die immer neuen,
immer gleichen Gespräche, von denen man glaubt,
sie würden die Welt verändern, die eitlen, hohlen
Floskeln. Ich habe begriffen, dass ich keine Lust
mehr habe, als die Frau des *begnaaadeten* Schriftstellers aufzutreten, die du ohnehin nur ungern

vorzeigst, weil sie nichts vorzuzeigen hat. Nichts, was für dich von Nutzen wäre. Ich habe sie satt, diese Abende, an denen allgemeines Schweigen eintritt, nachdem ich meinen Beruf genannt habe. Sozialarbeiterin, ach ja, bekomme ich zu hören, das muss ja ganz schön schwierig sein, da erleben Sie sicher so allerhand. Auf diese Höflichkeitsfloskeln folgt ein verlegenes Lächeln, und dann, nach einem kurzen Moment des Schweigens, richten sich die Blicke aller wieder auf dich. Auf dich, den großen Helden, den Quell aller Dinge. Infolgedessen habe ich mich zurückgezogen, es stimmt, ich bin nicht mehr die junge Frau, die du getroffen hast und die überall mitreden konnte, ob es nun um den neuesten taiwanesischen Film oder um das nächste Spitzenkonzert ging, ich habe keine Lust mehr, einen Babysitter zu bezahlen, nur um in der Oper einzuschlafen. Und wenn du nach Hause kommst, findest du das, was ich dir zu erzählen habe, sicher totlangweilig. Ich bin an diesem Morgen weder mit dem städtischen Leiter des Kulturdezernats zusammengetroffen, noch mit dem Programmdirektor der Berliner Filmfestspiele oder dem berühmten Regisseur Patrice Chéreau, Juliette Binoche oder gar dem Leiter des Athener Kulturzentrums. Nein, ich habe die Nachbarin von unten getroffen, die sich beschwert hat, dass bei ihr Wasser von der Decke tropft und wir vermutlich einen Wasserschaden haben, ich war einkaufen und habe daran gedacht, das Malzbier zu kaufen, das du so liebst, ich war wegen Thomas' Schulproblemen beim Direktor. Und ich hatte einen endlos langen Anruf von deiner Mutter, der ich versichert habe, dass alles in bester Ordnung ist. Und das so lange, dass ich hinterher zu müde war für den Roman, auf den ich mich für diesen Abend schon so gefreut hatte. Denn Lesen ist die einzige Fluchtmöglichkeit, die ich noch habe. Das kannst du sicher verstehen. Nach einem langen Arbeitstag und nachdem ich den Kindern eine gute Nacht gewünscht habe, kann ich es mir um neun Uhr abends in meinem Bett gemütlich machen und endlich nur an mich selbst denken. Und wenn ich dann allein in meinem Bett liege und sich die Stille auf einen Schlag in der Wohnung breit macht, muss ich nur eines tun: ein Buch aufschlagen, das mich vergessen lässt, dass du mir fehlst. Ich lese gern Romane, ich bin sogar zu einer Expertin für zeitgenössische Literatur geworden, und vermutlich ist es das, was uns noch zusammenhält und dem ich es verdanke, dass ich vor deinen Augen überhaupt noch Gnade finde. Ich komme als Erste in den Genuss, deine Manuskripte lesen zu dürfen, und ich zögere nicht, dir zu sagen, wie selbstgefällig du manchmal bist;

42

ich bin es, die gegen meinen Willen ein präzises, detailliertes, fundiertes, intelligentes Urteil abgeben muss, diejenige, aus deren Mund du unbedingt ein Kompliment hören möchtest. Das ist meine einzige Möglichkeit, neben dir zu existieren. Deine erste Leserin zu sein, diejenige, an der du dein Talent erprobst, diejenige, mit der du deine Machtspielchen spielst. Ich bin dein Spiegel. In unserem Schlafzimmer liest du mir ganze Passagen aus deinen Büchern vor, obwohl es mir lieber wäre, wir würden einmal wieder einmal miteinander schlafen. Und aus Rache hacke ich dann auf deinen Texten herum, ich habe einen kritischen Geist, den ich ausgiebig einsetze. Ich lasse dich dafür büßen, dass du mich vernachlässigst. Ich behaupte, der Spannungsbogen lasse zu wünschen übrig, dein Schreibstil lasse nach, der Roman enthielte zu viele Klischees. Ich sage, dass die Geschichte nicht glaubwürdig klingt, dass mir das Ende nicht gefällt, der Anfang übrigens auch nicht, ebenso wenig wie die Dialoge. Ich sage einfach irgendwas. Außerdem ist dir meine Meinung ohnehin egal, du willst sie nicht hören, um meine Vorschläge eventuell noch zu berücksichtigen, sondern einzig und allein deshalb, um zu existieren. Du willst, dass man über dich spricht, über deine Texte, die Wortwahl, den Rhythmus, die Spannung zwischen deinen Romanfiguren. Wenn ich Bedenken äußere, bedeutet das nur, dass ich nichts begriffen habe. Du hältst unbeirrt an deiner Überzeugung fest, dass ich schlichtweg nicht verstehe, was du schreibst. Ich bin dem *begnaaadeten* Schriftsteller vermutlich geistig nicht gewachsen, wie könnte ich da die Feinheiten seines Werks begreifen? Statt miteinander zu schlafen, wie alle anderen Paare dieser Welt, die Supermarktkassiererinnen, die Bauern im tiefsten Hinterland, die Wähler des Front National, wie Otto Normalbürger, verbringen wir unsere Abende – die wenigen, an denen du zu Hause bist – damit, im Schlafzimmer deine Texte zu lesen, zu analysieren und zu zerpflücken. Statt das zu tun, was normale Durchschnittsbürger tun, tja, machen wir eben in Literatur. Sollen wir etwa ganz banal vögeln wie alle anderen, wenn das Licht erst einmal gelöscht ist? Wie einfallslos, wie gewöhnlich! Wir werden uns doch nicht wie das gemeine Volk benehmen! Du hast etwas Besseres verdient, nicht wahr? Du hast etwas Besseres verdient als Abflussrohre zu reparieren oder den Müll runterzubringen.

Du hast etwas Besseres verdient als eine Frau wie mich, und deshalb ist es vermutlich ganz gut, dass du am Samstag wegfährst. Du kannst dir eine so tolle Gelegenheit wie diese Lesung nicht entgehen lassen, die außerdem noch gut bezahlt wird,

44

wie du sagst. Das fragliche Wochenende ist das Einzige, an dem wir ohne Kinder gewesen wären – da ich sie, wie ich dir in Erinnerung rufe, an Allerheiligen für die Ferien zu meinen Eltern bringe. Doch die Zeit vergeht wie im Fluge, du hast natürlich nicht so schnell mit den Herbstferien gerechnet. Du warst so mit dir selbst beschäftigt. Klar kannst du am Samstag wegfahren oder in Zukunft überhaupt wann du willst. Ich werde mir für dieses Wochenende schon etwas einfallen lassen, für mein Wochenende ohne dich, fern von dir, fern von zu Hause; vielleicht fahre ich nach Paris oder besuche Pierre und Alice. Ich werde mein Wochenende und vermutlich auch mein Leben ohne dich organisiert bekommen. Du fehlst mir schon jetzt, und ich begreife nicht, wie du es zulassen konntest, dass sich unsere Krise so zugespitzt hat. Was mich am meisten stört, ist, dass ich mir deine Bücher in Zukunft wohl kaufen muss, falls du nicht auf die Idee kommen solltest, sie mir mit einer netten kleinen Widmung zu schicken. Dann werde ich eine deiner anonymen Leserinnen sein, und vielleicht siehst du in mir dann endlich wieder die Frau, die zu erobern sich lohnt.

Der richtige Platz

Ich war wie vor den Kopf geschlagen. Du hast es gewagt, zu sagen, ich hätte ihn vergessen. Nur dieser kleine, kurze Satz, mehr nicht. Du hast mir vorgeworfen, so zu leben, als sei nichts geschehen. Eindeutig ein Vorwurf – der schlimmste, den du mir machen konntest.

Da begriff ich, dass niemand, selbst du nicht, Papa, wissen konnte, wie ich mit seinem Nicht-mehr-da-Sein zurechtkam. Ich dachte, dass gerade du es wissen würdest, dass wir auf Worte verzichten könnten. Aber gut, vielleicht verlange ich da zu viel von dir. Es wäre mir nur lieber gewesen, du hättest es von allein gespürt. Es stimmt, ich verwische sämtliche Spuren. Man kann es mir nicht mehr von der Stirn ablesen. Ich rede nicht mehr über ihn, lasse nur hin und wieder eine indirekte Andeutung fallen. Ich klage nie, gebe mich manchmal sogar fröhlich, da hast du recht. Ich habe meine Bereitschaft zum Leben wiedergefunden, eines Lebens, das uns zwingt, Chirac zu wählen und das uns hin und wieder in die Enge treibt. Ich spiele das Spiel. Ich weiß, dass die reguläre Trauerzeit vorbei ist. Das merkt man an kleinen Botschaften, die ihr alle in aller Unschuld aussendet. Ich will mich nicht gegen den unveränderlichen Lauf der Dinge stemmen. Eine Angina dauert acht Tage, eine Grippe zehn und der Verlust eines geliebten Menschen ungefähr zwei Jahre. Alles andere würde zu einem Chaos führen. Als gute Republikanerin trage ich nunmehr ein anderes Gesicht zur Schau, das hin und wieder sogar das Rot eines Lippenstifts verträgt. Ich zeige der Welt eine beruhigende Version meiner selbst, welche das vorhergehende Modell verdrängt, das kümmerlich, verheult, am Ende war. Du brauchst dir keine Sorgen mehr um mich zu machen, ich laufe nicht mehr Gefahr, dir Kummer zu bereiten. Ich werde kein armes Opfer mehr sein, auf das man gut aufpassen muss. Ich werde dich in Ruhe lassen, Papa, hab keine Angst mehr um mich. Ich kann meine kaputten Reifen ganz alleine wechseln.

Doch dieses neue Gesicht ist irgendwie auch nicht angemessen. Zumindest nicht in deinen Augen, wie es scheint. Man könnte fast glauben, hast du gesagt, ich hätte einen Schlussstrich unter diese Sache gezogen. Du wirfst mir vor, ich hätte vergessen und folglich einen Verrat begangen. Nichts ist wirklich angemessen, ich weiß. Weder in der Melancholie zu verharren noch einen neuen Weg einzuschlagen. Ich muss einen Platz finden, den es noch gar nicht gibt, einen Platz für den Tod. Ich muss ihn ganz eng bei mir tragen, ohne dass man es mir ansieht. Weder zu nah noch zu fern. Weder allzu lebendig noch allzu tot. Ich muss das Kunststück vollbringen, ein Problem zu lösen, für das es keine Lösung gibt. Denn es wird von mir erwartet, dass ich das richtige Maß finde, den richtigen Ton, die richtige Distanz.

Einen Kompromiss, der allen recht ist. Ich muss es allen recht machen. Ich muss mich weiterhin verstellen, die richtige Dosis finden, die Dinge verzerren. Ich muss äußerst geschickt sein, so viel Macht liegt in meinen Händen. Macht über alles. Ich kann dich fertigmachen, Papa. Mit einem einzigen Telefonanruf. Deinen Himmel eintrüben. Ich kann dich aber auch beruhigen, indem ich dir beweise, dass ich wieder Lust auf das Leben habe.

Ist er nicht etwas Wundervolles, dieser erstaunliche Lebenswille? Ich kann dich glauben machen, was du gern glauben willst. Ich bin der Spiegel, den ich dir vorhalte. Du bist meine Geisel. Ich kann bei dir ankommen und behaupten, dass ich mir überlege, demnächst eine kleine Reise zu machen. Du wirst verwundert sein, dass ich meine Lust am Reisen wiedergefunden habe, ich fahre nach Rom, eine Stadt, von der ich schon lange träume. Und es wird dich noch mehr freuen, wenn ich dich bitte, Pablo so lange bei dir aufzunehmen, damit ich allein verreisen kann oder eventuell sogar in Begleitung. Du wirst denken, dass ich meine Sache wirklich gut mache. Alle Achtung! Aber andererseits auch wieder fast zu gut. Du wirst denken, dass ich mir Freiheiten herausnehme, die des Guten fast schon wieder zu viel sind. Du bist ein toleranter Mensch und willst nur mein Bestes. Doch das Gute führt über das Böse. Du hast moralische Grundsätze, hinter denen du stehst. Du bist nicht engstirnig, du sagst, es sei dir lieber, wenn ich mich auf den Urlaub freue, statt mich deprimiert zu Hause einzuigeln. Das meinst du ehrlich. Es sind noch keine zwei Jahre vergangen, und schon denke ich allem Anschein nach nur noch an mein Wochenende in Rom, und das schockiert dich. Es freut und bestürzt dich zugleich. Natürlich soll ich meinen Spaß haben. Aber man muss es ja nicht gleich übertreiben. Warum für den Anfang nicht erst einmal die Bretagne, eine Art Erholungsreise für Menschen auf der Weg der Genesung, während Rom doch eher nach verfrühter Genesung klingt! Und so etwas wie eine wirkliche Genesung, das sagt jeder und du in vorderster Front, gibt es ohnehin nicht.

Da du mich also quasi dazu zwingst, möchte ich dir hiermit sagen, dass Rom mir völlig gleichgültig ist. Rom ist mir genauso gleichgültig wie alles andere inzwischen. Wenn es das ist, was du hören willst, warum dann diese vornehme Zurückhaltung, das ganze Theater? Wäre es dir lieber, ich käme mit hängenden Schultern, ohne Pläne, ohne Gesprächsthema, ohne ein Lächeln bei dir an? Natürlich nicht, das wäre schrecklich für dich und du würdest sagen: Mein Mädchen, du musst etwas tun, du musst dich wieder fassen, die Welt um dich herum sehen. Das Leben geht weiter. Du würdest mich an den Schultern packen und deine Vaterrolle spielen. Du würdest mich so lange schütteln, bis ich dir verspreche, dass ich endlich wieder bis an den Horizont schauen werde. Und du hättest recht, es wäre deine Aufgabe, mich zu schütteln, und damit würdest du für mich da sein, endlich in Erscheinung treten, würdest wichtiger für mich werden als er.

Du würdest wieder zum ersten Mann in meinem Leben werden. Aber das, Papa, habe ich gar nicht erst zugelassen. Aus Angst. Ich habe dich daran gehindert, stärker zu sein als ich es bin. Ich habe mich ganz allein geschüttelt. Ich habe alle Rollen selbst gespielt. Wieder einmal wollte ich diejenige sein, die alles alleine schafft, die alles meistert, selbst die Trauer. Der Gedanke, mich trösten zu lassen, macht mir Angst.

Ich erinnere mich noch gut daran, wie schockiert Mama damals war, als die Schauspielerin Bernadette Lafont kurz nach dem Unfalltod ihrer Tochter Pauline im Fernsehen auftrat. Sie saß da, so natürlich wie immer, und jeder suchte in ihrem Gesicht nach Spuren des erlittenen Dramas. Bernadette Lafont stellte ihren neuen Film vor. Und Mama war so empört, dass es sie kaum auf dem Wohnzimmersofa hielt. Sie fällte ihr Urteil über diese Frau und ließ sich sogar zu der Bemerkung hinreißen, diese könne ihre Tochter gar nicht geliebt haben. »Menschen wie sie«, hat Mama gesagt, »haben keinerlei Gefühle.« Ich fand diese Bemerkung zwar übertrieben, muss aber gestehen, dass ich ähnlich dachte. Damals wusste ich noch nicht, dass man leben, arbeiten und Witze machen und gleichzeitig dabei vor Trauer fast umkommen kann. Ich wusste

nicht, dass man gerade durch den Verlust eines geliebten Menschen existiert. Ich wusste nicht, dass
der Tod diese großzügige Seite hat, diese Seelen-
größe. Ich wusste nicht, dass sich der verstorbene
Mensch ständig mit einem bewegt, dass er sich den
Konturen anpasst, einen manchmal zu ersticken
droht, sich dann wieder so zurücknimmt, dass man
ihn kaum noch spürt. Als ich mir leicht angewidert
Bernadette Lafont in ihrer Georgette-Hemdbluse
anschaute, konnte ich mir nicht vorstellen, dass sie
sicher kaum Luft bekam und abends ein Schlafmittel nehmen musste, um überhaupt einschlafen zu
können. Ich wusste nicht, was ein leeres Haus bedeutet, ein Kind, das plötzlich nicht mehr von sich
erzählt, ein Mann, der einen nie mehr anschauen
wird. Ich wusste noch nicht, dass man gleichzeitig
am Boden zerstört und auf seine Arbeit konzen-
triert sein kann, gebrochen sein und doch lächeln
kann, traurig und doch geistig und seelisch offen,
wehmütig und verliebt sein kann. Und du auch
nicht; ich merke, dass du nicht die geringste Ahnung hast. Es ist leicht, einen Satz wie diesen auszusprechen und zu behaupten, ich hätte ihn vergessen.
Es ist leicht, sich mit dem zufriedenzugeben, was
man sieht. Er rührt sich auch weiterhin, Papa, wie
ein schlagendes Herz. Er ist da, unvorhersehbar,
aber immer in Bewegung. Sanft oder überwältigend.

Schlummernd oder überschäumend. Inzwischen wohnt er in mir, ohne dass es mich in Verzweiflung stürzen würde. Ich trage ihn in mir wie ein Kind.

Nicht mehr gewöhnt

Ich erinnere mich an das erste Essen, das ich für
ihn zubereitet habe. Nach zwei Jahren der Trauer
und der Einsamkeit würde ein Mann zu mir zum
Abendessen kommen. Ein Mann war in mein Leben getreten. Wir kannten uns noch kaum, hatten
uns nur einmal im Auto geküsst, als er mich nach
Hause gebracht hatte. Er ließ mich unten vor meinem Haus aussteigen, und ich brachte es nicht über
mich, ihn noch zu mir hoch zu bitten. Als er sich
anschickte, mich zu umarmen, sagte er etwas verlegen, er sei es nicht mehr gewöhnt, eine Frau in
den Armen zu halten. Bei einer ungeschickten Bewegung stieß er mit dem Ellbogen an den Rück-
spiegel. Aber wie immer bei einer neuen Bekannt-
schaft findet man Unbeholfenheit reizvoll. Ich saß
auf den Beifahrersitz gekauert, und dieser Satz von
ihm berührte mich zutiefst. Er war es nicht mehr

gewöhnt ... Damit wollte er vermutlich zum Ausdruck bringen, dass seine Seele verkümmert war, seine Glieder verknöchert waren. Er wollte vielleicht damit sagen, dass er sich amputiert fühlte. Dieser kleine Satz, der ihm entschlüpft war und mit dem er seine Unbeholfenheit entschuldigen wollte, gab mir zu verstehen, dass er frei war und auch, dass er vor längerer Zeit mit einer Frau zusammen gewesen war, von der ich jedoch nichts wusste. Also ehrlich gesagt versuche ich eher, die Liebe von der Gewohnheit zu trennen. Doch statt zu schweigen und mich auf ein diskretes Schmunzeln zu beschränken, fühlte ich mich verpflichtet, ebenfalls etwas nach außen hin Belangloses zu sagen. Ich unterstrich sein Geständnis mit einem dümmlichen »Ich auch nicht«. Damit herrschte Gleichstand. Wir hatten dieselbe Ausgangsposition, waren zwei arme, verirrte Seelen, die es nicht mehr gewöhnt waren zu lieben oder geliebt zu werden, erst wieder zur Liebe finden mussten und einen weiten Weg hinter sich hatten. Zwei Seelen, die beide viel Zeit gebraucht hatten, um sich von der Liebe zu erholen.

Ich fuhr in den sechsten Stock hinauf und konnte die ganze Nacht kein Auge zumachen. Ausgestreckt lag ich in meinem Bett und ließ den vergangenen Abend in allen Einzelheiten noch einmal vor meinem geistigen Auge Revue passieren: der Augenblick, in dem er aufgetaucht war, die endlos lange Zeit, bis er mich endlich anschaute, der lange Zeitraum, in dem er mich gar nicht wahrnahm. Ich hatte versucht, Blickkontakt mit ihm aufzunehmen, doch er plauderte am anderen Tischende weiter, als sei ich gar nicht da. Dann der Augenblick, in dem es geschah, für mich jedenfalls, die paar Sekunden, in denen man das Gefühl hat, dass sich der ganze Raum um einen dreht, alles auf den Teppich fällt, der Augenblick, in dem alles verstummt, man alles nur noch wie in Zeitlupe wahrnimmt, sich eine Sekunde zu einer nicht enden wollenden Minute ausdehnt, in dem zwei Gesichter sich einander zuwenden, wie magnetisch voneinander angezogen, die Blicke sich finden und die Augen aufblitzen, das Licht nur noch auf eine einzelne Gestalt fällt, dann die plötzliche Panik, auf meiner Seite zumindest, wenn die Augen sich finden, sich so nahe kommen, dass man im Boden versinken könnte; nein, ich bin noch nicht bereit, nicht jetzt, nicht so schnell. Die Angst, der Situation nicht gewachsen zu sein. Und vor lauter Verlegenheit beginne ich zu lachen, einfach so, im Bruchteil einer Sekunde werde ich zu einer Anderen, es ist nicht zu fassen: In dem Lichtkreis, der mich umgibt, werde ich zu einer fröhlichen, lustigen, unbeschwerten Person, obwohl ich im Grunde genommen ein eher melancholischer Mensch bin.

Ich sehe mich auch noch einmal vor den Auslagen mit dem Obst und Gemüse stehen und mir krampfhaft überlegen, was ich für ihn kochen könnte. Ich bin in dem Geschäft, in das ich fast täglich gehe und in dem ich nun automatisch meinen Einkaufskorb fülle, das ich für ihn neu entdecke und mit anderen Augen sehe, und das Einkaufen macht mir großen Spaß. Ich weiß nicht, was er mag, ich weiß nichts über ihn. Ich schlendere an den Regalen vorbei, verblüfft über die verschwenderische Fülle, die unbegrenzten Möglichkeiten, bis ich auf einen Schlag in Panik gerate. Die Zeit wird knapp und ich muss die richtige Auswahl treffen. Ich umklammere den Henkel meines Plastikkorbs und habe plötzlich Lust auf alles, zögere vor allem, stelle mir die kühnsten Kombinationen vor. Ich sehe unsere zwei Teller vor mir, Kirschen im Winter, frische Champignons, wilde Brombeeren. Ich denke an ein Ofengericht, spüre die Hitze des Backofens in der Küche, doch in dem Fall müsste ich zu allem Herzklopfen hin auch noch die Backzeit überwachen. Nein, ich sollte etwas mit Fleisch zubereiten, alle Männer lieben Fleisch, bevorzugt Rind- oder Hammelfleisch. Aber nein, besser kein Rindfleisch, etwas stört mich daran, es wäre zu fleischlich für das erste Mal. Zu bestialisch für den ersten Abend. Ich entscheide mich für Kalbfleisch, ein zartes Filet, das wir mit einer Sahnesoße und Pfifferlingen essen werden. Der Backofen ist gestrichen, vielleicht ein andermal.

Doch außer der Zubereitung des Essens musste ich selbstverständlich auch mich selbst vorbereiten. Ich schwankte zwischen mehreren Röcken, doch da es in der Wohnung etwas kühl war, entschied ich mich letztendlich für den dicksten und wärmsten Rock, und dazu einen flauschig weichen Wollpullover. Ich stand etliche Zeit im Bad und überlegte mir, ob ich mir die Augen schminken sollte oder lieber auf Natürlichkeit setzen sollte. Ich war noch mitten in meinen Überlegungen, als es unten an der Haustür klingelte. Hilfe, nur noch vierzig Sekunden, dann würde er vor meiner Wohnung stehen. Innerhalb dieser vierzig Sekunden schaffte ich etwas, was zuvor sicher noch niemandem gelungen war: Ich verwandelte eine schlichte Küche von drei auf drei Metern in einen Raum, in dem eine Mischung aus Verlangen und Ängsten vibrierte. Jedem Gegenstand drückte ich den Stempel meines Zitterns auf und schaffte es zu allem Überfluss auch noch, einen Fleck auf meinen Rock zu bekommen, ehe ich endlich zur Tür eilte.

Nachdem er mir einen filmreifen Begrüßungs-
kuss gegeben hatte, konnten wir endlich die Tür
zumachen, als das Minutenlicht im Flur längst ausgegangen war. In meiner engen Diele rempelten
wir uns ein paarmal an und bestätigten uns mit
unserer Ungeschicklichkeit gegenseitig, dass wir
es einfach nicht mehr gewöhnt waren. Wir setzten
uns an den Tisch, ohne dass er einen Annäherungs-
versuch unternommen hätte, und ich wusste nicht,
was ich davon halten sollte. Da das Essen gerade
fertig war, füllte ich unsere beiden Teller, ehe ich
für einige Sekunden im Bad verschwand, um den
Fleck aus meinem Rock zu waschen. Ich war mir
nicht ganz sicher, ob mir dieser Mann überhaupt
gefiel. Vielleicht wegen seiner Stimme, die irgendwie nicht zu seinem Äußeren passte. Seine Stimme
enttäuschte mich, aber für ein endgültiges Urteil
war es noch zu früh. Meine Nervosität wollte und
wollte sich nicht legen, was vermutlich an dem
Stress lag, dem ich mich ausgesetzt hatte, indem
ich dieses Essen vorbereitet hatte und an so vieles
gleichzeitig denken musste: an das Kochen, die
Atmosphäre, den Countdown, die Sauce im letzten
Moment und die allgemeine Verstörtheit, die mich
gepackt hatte – Gefühle, die ich zwar nicht vergessen, aber doch so tief in mir vergraben hatte, um
nicht Gefahr zu laufen, dass ihr abruptes Erwachen

mich in einen Zustand versetzt hätte, mit dem ich nicht hätte umgehen können. Ich hatte es mit einem Unbekannten zu tun, und dieser Unbekannte hatte romantische Gefühle in mir aufflackern lassen, und das konnte gefährlich werden. Ich hatte Angst zu lieben und nicht zu lieben, Angst mich zu täuschen, Angst, zu überstürzt zu handeln. Ich wusste nicht mehr, wie man sich vor einem Mann benimmt, und deshalb starrte ich hauptsächlich auf meinen Teller und kaute ohne rechten Appetit und voller Panik auf meinem Fleisch herum. Er begann zu reden, über Dinge, die mich nicht wirklich interessierten, und ließ wie beiläufig einfließen, dass er nicht unbedingt ein Liebhaber von Kalbsfilet war, was ich mit der Nachsicht, die man in einer neuen Beziehung an den Tag legt, zur Kenntnis nahm, wohl wissend, dass diese Aussage zwischen uns stehen bleiben würde, sofern es jemals etwas zwischen uns geben würde. Wir blieben lange am Tisch sitzen, tranken Wein und wussten ganz offensichtlich nicht, wie wir den Abend fortsetzen sollten, denn das Essen dauerte über drei Stunden und keiner von uns beiden wusste offenbar so recht, was er wollte. Es kam trotzdem zu einer Fortsetzung, und wir verlagerten die Aktion von der Küche in mein Schlafzimmer, was unter den gegebenen Umständen fast unausweichlich war. Na ja, vermutlich wagte er es nicht, sich zu verabschieden, nachdem er nur Konversation mit mir gemacht hatte, was meiner Meinung nach die beste Lösung gewesen wäre; aber manchmal ist es einfacher, etwas zu tun, zu dem man keine Lust hat, als es zu lassen, weiß der Himmel warum. Es ist häufig einfacher etwas zu tun, als erklären zu müssen, warum man es nicht tut. Ich hatte mein Schlafzimmer natürlich entsprechend hergerichtet, möglichst diskret und so, dass es nicht künstlich aufgeräumt aussah. Ich hatte das Bett neu bezogen und ein paar Bücher wie zufällig auf den Schreibtisch gelegt, eine oder zwei CDs, eine Zeitung, und ein Foto von meinem Nachttisch verschwinden lassen. Ich hatte den abgenutzten Teppichboden gesaugt und absichtlich ein Kleidungsstück über die Rückenlehne des Stuhls drapiert. Ich wollte, dass er mich für eine unbekümmerte, selbstsichere Frau hielt, alles andere hätte ihn nur verschreckt. Fast widerwillig legten wir die paar Meter durch den Flur von der Küche bis zu meinem Schlafzimmer zurück. Normalerweise geht einer voraus und zieht den anderen in übermütiger Vorfreude an der Hand hinter sich her, und normalerweise beginnt der Beischlaf gleich unter der Tür. Unser kleines Fährtenspiel hatte hingegen so gar nichts Leidenschaftliches, um ein Haar hätte sich ein Anflug von

Traurigkeit auf unseren Gesichtern abgezeichnet, trotz des Weins. Wir spielten das Spiel so gut wir es konnten, denn schließlich wollten wir beide endlich mal wieder mit jemandem schlafen. Wir fanden wieder zu den vertrauten Gesten, die wir dieser neuen Situation anzupassen versuchten, doch keine kam in der Dringlichkeit des Verlangens, in der unersättlichen Gier des ersten Mals so richtig zur Geltung. Wir liebten uns in dem Wissen, dass es das erste und das letzte Mal war, was einem eine ungeahnte Freiheit und Bereitwilligkeit gibt. Und diese merkwürdige Choreographie, die zu nichts verpflichtet, nichts zu bedeuten hat, bot uns die Möglichkeit einer Liebe ohne Liebesgeschichte.

Er war so taktvoll, nicht neben mir einzuschlafen, im Dunkeln sammelte er seine Siebensachen zusammen und ging, ohne dass ich ihn zur Tür begleiten musste. Ich blieb also liegen, fühlte mich blöderweise im Stich gelassen, von mir selbst verraten und wahrscheinlich unfähig, jemals wieder zu lieben. Ich verwandelte mich in eine melancholische Frau zurück und mir war nicht nach einem Lachen zumute, als ich am nächsten Morgen den Küchentisch abräumte und alles, was wir nicht gegessen hatten, in den Mülleimer warf.

Der Sommer, als ich zehn war...

Es war an der Côte d'Azur, im Juli. Die Wellen
donnern an die Felsen unterhalb des Wegs. Meine
Mutter ruft alle zehn Meter, mein Vater solle ja auf
meinen kleinen Bruder aufpassen. Wir sind voll be-
laden: Kühltasche, Sonnenschirm, Luftmatratzen.
Wir sind eine Familie im Gänsemarsch, einer hinter dem anderen, alle mehr oder weniger aufgeregt.
Ich erinnere mich an die Rufe meiner Mutter, ihre
Gereiztheit, das Schweigen meines Vaters und das
Zirpen der Zikaden, schwer und durchdringend.
Es ist das Jahr, in dem ich zehn Jahre alt bin, schon
ohne Schwimmreifen schwimmen kann und zum
ersten Mal einen zweiteiligen Badeanzug tragen
darf. Meine Eltern bleiben unter dem Sonnenschirm, mein Vater sitzt da, die Augen an den Horizont geheftet und raucht, meine Mutter hat sich
ausgestreckt, liegt mal auf dem Rücken, mal auf

dem Bauch. Als es Zeit zum Essen ist, kommen mein Bruder und ich aus dem Wasser und wickeln uns in die großen, weichen Badetücher. Wir teilen uns die Kartoffelchips und die Tomaten, und mir fällt auf, dass meine Mutter ihre Sonnenbrille nicht abnimmt. Nach dem Essen geht mein Vater bis zur Hafenmole, ist ziemlich lange verschwunden. Meine Mutter bittet mich, ihr den Rücken einzukremen, doch dabei schläft sie in der Sonne ein und vergisst ganz, dass mein kleiner Bruder nicht schwimmen kann. Zum Glück bin ich da, auf mich kann man sich verlassen. Als wir wieder auf dem Campingplatz sind, hängt meine Mutter die Handtücher und Badesachen an die Schnur, die zwischen dem Wohnwagen und einem Eukalyptus gespannt ist. Mein Vater schlägt vor, eine Runde Tischtennis zu spielen. Ich spiele immer besser, ich lerne Rückhand und Schmetterball.

Es passiert am Morgen nach dem Frühstück, nachdem mein Vater das Geschirr gespült, das Brot und den Honig weggeräumt hat und ich den Tisch abgewischt habe. Meine Mutter sagt, sie würde weggehen. Meine Mutter verlässt uns und geht weg zu Fuß. Sie nimmt ihren kleinen Koffer in die eine und meinen Bruder an die andere Hand. Sie gibt mir keinen Abschiedskuss, keine Erklärung. Sie geht über den Hauptweg des Campingplatzes, und mir ist klar, dass ich ihr nicht folgen soll. Nur mein kleiner Bruder, der offenbar nicht begriffen hat, was los ist, dreht sich noch einmal um. Ich bleibe vor der Tür des Wohnwagens stehen und weiß nicht, ob ich hineingehen darf. Dort drin ist mein Vater. Ich draußen, er drinnen, und meine Mutter und mein Bruder auf dem Weg zum Bahnhof. Da ich nicht recht weiß, was ich tun soll, fange ich an, die inzwischen trockenen Handtücher und Badesachen abzuhängen und mit peinlicher Sorgfalt zusammenzufalten. Ich staple die Sachen fein säuberlich aufeinander, eine lächerliche Komposition, die ich auf den Frühstückstisch lege. Wenn ich Wäsche zusammenlege, denke ich jedesmal daran zurück.

Im Inneren des Wohnwagens rührt sich nichts. Normalerweise läuft das Radio oder ich höre meinen Vater, der sich rasiert. Ich bin noch im Nachthemd und ungewaschen. Ich setze mich auf einen Klappstuhl, während um mich herum ein reges Treiben herrscht: Die Leute gehen zwischen den sanitären Anlagen und den Zelten hin und her, machen Pläne für den Tag. Ich betrachte meine Zehen und stelle fest, dass mein zweiter Zeh am linken Fuß (derjenige, der an der Hand der Zeigefinger wäre, schießt mir durch den Kopf) kleiner ist als der am rechten Fuß. Ich höre Schritte im Inneren, unser Wohnwagen bewegt sich. Mein Vater erscheint auf der Türschwelle, und mir fällt auf, dass seine Haare und seine Koteletten zu lang sind. Er fragt mich, ob wir nicht eine kleine Ausfahrt machen sollen, gibt mir kaum Zeit, mich fertigzumachen. Ich setze mich zum ersten Mal auf den Beifahrersitz. Ich zögere und frage mich, ob sich mein Platz verändert hat. Es ist eine ganz neue Erfahrung. Ich muss improvisieren. Mein Vater zündet sich eine Zigarette an und kurbelt die Scheibe herunter. Im Schritttempo fahren wir über den Hauptweg des Campingplatzes, passieren die Schranke an der Rezeption und fahren dann schweigend die Küstenstraße entlang, die oberhalb des Meeres verläuft. Mein Vater beschleunigt, und ich frage mich, wohin wir fahren. Vielleicht zum Bahnhof, um meine Mutter abzuholen? Aber nein, hier, entlang der Corniche, der kurvenreichen Küstenstraße an dem felsigen Steilhang, gibt es weit und breit keinen Bahnhof, und wir fahren mit sperrangelweit geöffneten Fenstern in den sanften Morgen hinein, in Richtung Sonne, die bereits hoch am Himmel steht. Ich stelle keine Fragen, mir ist klar, dass nichts mehr normal ist, weder das, was mein Vater tut, noch die Geräusche

66

des Motors oder die Menschen am Strand, die ich wie auf einer Leinwand sehe, ohne Leben und ohne Stimme. Ich komme mir wie in einem Stummfilm vor, und die Welt dringt nur in Schwarz und Weiß zu mir durch. Aus Angst, es könnte unser kleines Gefährt aus dem Gleichgewicht bringen, sage ich kein Wort. Ich versuche, es mir auf meinem Sitz bequem zu machen und warte, wie es weitergeht; ich würde gern unsichtbar, gar nicht hier sein. Mein Vater fährt endlos weiter und weiter, mit starrer Miene und in Gedanken offenbar ganz woanders.

Auf einem kleinen Dorfplatz hält er endlich an. Er hat mich keines Blickes gewürdigt, seit wir losgefahren sind, kein Wort zu mir gesagt. Ich weiß, dass ihn die Sache mit meiner Mutter belastet, ich vermute, dass er nicht weiß, wie es weitergehen soll. Wir setzen uns auf die Terrasse eines Lokals in den Schatten. Mein Vater bestellt für sich einen Kaffee und fragt mich, was ich haben möchte. Als ich zögere, schlägt er mir vor, ich solle ein Eis mit Sahne nehmen. Er lässt nicht locker und sagt, dass es mir bestimmt schmecken wird. Ich wage nicht abzulehnen, das scheint ihm zu gefallen. So sitzen wir uns gegenüber, wie betäubt durch die Bürde, die uns zu ersticken droht. Ich tue so, als würde mir mein Eisbecher schmecken, doch ich esse ihn

nicht auf, und als ich mit dem Löffel in der weiß-
rosa Masse herumrühre, merke ich, dass ich traurig
bin. Mein Vater springt irgendwann auf und schlägt
vor, zum Frisör zu gehen. Er sagt, er brauche drin-
gend einen neuen Schnitt. Wir überqueren den
Platz und betreten einen kleinen Salon, in dem
eine drückende Hitze herrscht. Mein Vater setzt
sich, und der Frisör fragt, ob ich mir ebenfalls die
Haare schneiden lassen möchte. Ehrlich gesagt
würde ich meine langen Haare gern behalten, die
mir bis weit auf den Rücken fallen. Der Frisör lässt
nicht locker, und mein Vater raunt mir zu: »Das
wird unsere Überraschung sein.« Er legt mir sogar
einen Arm um die Schultern. Ich glaube, es lag an
diesem Arm, der meine Haut berührte, dass ich
schließlich einwilligte, mir die Haare schneiden zu
lassen. Es lag an dieser komplizenhaften Geste,
dieser absolut unerwarteten Sekunde, in der mein
Vater mich wie eine Tochter behandelt, der man
vertrauen kann; es lag aber auch daran, dass wir so
viel Zeit hatten, die es auszufüllen galt, und an der
Ungeheuerlichkeit dieses Ferientags, dass ich zu
einer weiteren Ungeheuerlichkeit bereit war: mich
meiner dichten Mähne berauben zu lassen und so-
mit eine Art Opfer zu bringen.

Als wir den Friseursalon verlassen, schauen wir
uns gegenseitig an und schmunzeln. Wir haben

etwas Verrücktes getan. Mein Vater hat sich die Koteletten abrasieren lassen, und ich sehe wie ein Junge aus. Ja, fast wie mein Bruder. Wir sind kaum noch wiederzuerkennen, haben uns gehäutet. Wir haben dem Moment, der Vorher und Nachher trennt, einen Stempel aufgedrückt. Wir haben die Grenze markiert, die für immer existieren wird, den Punkt, von dem aus es kein Zurück gibt. Wir steigen wieder ins Auto und fahren dieselbe Strecke zurück. Ich wage meinen Vater nicht zu fragen, wie er das, was er mir vorhin ins Ohr geflüstert hat, gemeint hat. Von was für einer Überraschung hat er gesprochen? Eine Überraschung für meine Mutter? Ich beginne zu hoffen, dass sie inzwischen zurückgekehrt ist, ich rede mir ein, dass sie uns bestimmt schon erwarten wird. Ich hoffe, sie hat ihren Zug verpasst oder ihre Meinung geändert. Mein Vater denkt vermutlich dasselbe, denn er drückt aufs Gas, fährt etwas zu schnell. Spannung macht sich im Auto breit, ohne dass ein Wort gefallen wäre, doch wir spüren, dass wir an dasselbe denken. Mein Vater verändert sich von Kilometer zu Kilometer, er wirkt zunehmend angespannter und vergisst, den Blinker zu setzen. Er wird wieder so unnahbar wie auf der Hinfahrt und hat meine Anwesenheit vergessen. Mir wird kotzübel, wahrscheinlich wegen der Sahne. Sonst haben wir nichts gegessen. Es ist mitten am Nachmittag, als wir auf den Campingplatz zurückkehren; in verzweifelter Hoffnung passieren wir die Schranke an der Rezeption, fahren im Schritttempo über den Hauptweg. Schon von Weitem versuchen wir, unseren Wohnwagen zu erspähen. Wir fahren wie in Zeitlupe weiter, eingehüllt in ein Schweigen, das so dicht ist, dass es uns fast erstickt. Wir nähern uns immer mehr und halten schließlich auf dem Stellplatz an, der uns zugewiesen wurde. Mein Vater zieht den Zündschlüssel nicht ab. Seit unserer Abfahrt hat sich nichts verändert. Die Tür des Wohnwagens ist noch verschlossen. Einen nicht enden wollenden Augenblick bleiben wir im Wagen sitzen, unfähig, auch nur die kleinste Bewegung zu machen. Mein Vater lässt den Motor noch eine ganze Weile laufen. Er schaut stur geradeaus, fixiert die Wäscheleine, an der noch die Wäscheklammern hängen. Er weiß nicht, wie es weitergehen soll. Es ist, als wäre unser Leben hier zu Ende, vor der verschlossenen Wohnwagentür. Nichts ist mehr möglich. Weder zu reden, sich zu bewegen noch seinen Speichel zu schlucken. Ich überlege mir, wie ich hier wegkommen könnte. Ich könnte zu den Tischtennisplatten laufen, habe aber Angst um meinen Vater. Ich weiß nicht, ob ich ihm lästig bin, ich weiß nicht, ob ich bleiben soll. Warum sagt er denn nichts? Ich will, dass er etwas sagt, eine Entscheidung trifft, wie er es immer getan hat. Aber er vergisst, dass er mein Vater ist, er vergisst, dass er der Erwachsene ist und ich das Kind bin, und ich habe das Gefühl, dass sich alles vertauscht und umgedreht hat, alles zu Ende ist. Während der Motor sich weiter dreht, beginne ich zu begreifen, dass meine Kindheit hier zu Ende geht, auf einem Campingplatz im Süden Frankreichs, und weiter kann ich im Moment nicht denken.

Witwen

Witwen wollen nicht stören. Sie bedanken sich, entschuldigen sich, bitten um Verzeihung. In gewisser Weise fühlen sie sich zum Teil für den Tod ihres Ehemanns verantwortlich. Sie wollen nicht verdächtigt werden. Sie wollen nicht bemitleidet werden. Sie wären gern wie du und ich.

Witwen sind in ihre Gedanken versunken. Und sie beten die alte Leier von wegen »Was wäre, wenn …« vor sich hin. Wenn er nicht die Bundesstraße genommen hätte, wenn er nicht aufs Dach gestiegen wäre, wenn er auf mich gehört hätte, wenn meine Mutter uns nicht ausgerechnet an jenem Tag eingeladen hätte, wenn ich die Einladung abgelehnt hätte, wenn ich damals nicht verreist oder aus dem Haus gegangen wäre …

Witwen malen sich weder die Lippen noch die Augen an. Sie haben keinen Körper und keine Haare mehr. Sie betrachten sich nicht mehr im Spiegel. Manchmal für eine recht lange Zeit.

Witwen kümmern sich ganz allein um ihre Kinder. Wenn ihre Kinder schon erwachsen sind, kümmern sie sich ganz allein um sich selbst. Witwen müssen Mutter und Vater zugleich sein. Wie Freud bereits gesagt hat, ist kein Elternteil fähig, sein Kind richtig zu erziehen, und folglich versagen sie gleich doppelt.

Witwen essen Tomaten, die ihr Ehemann noch angepflanzt hat. Sie lassen nichts verkommen, verarbeiten sie zu Tomatenpüree oder Tomatenmark und auch zu Konserven. Im darauffolgenden Jahr machen sie das Einmachglas auf und sagen beim Essen: »Diese Tomaten hat euer Vater noch angepflanzt.« Und ihre Kinder lächeln, haben für die Tomaten aber nur einen mitleidigen Blick übrig.

Witwen hören die Schallplatten, die ihr Mann einst hörte, schalten die Radiosendungen ein, die ihr Mann einst hörte, lesen die Zeitungen, die ihr Mann einst las.

Witwen lernen, wie man kaputte Glühbirnen auswechselt, den Ölstand des Wagens überprüft, Löcher in die Zwischenwände bohrt. Und sie stellen fest, dass sie das eigentlich auch früher schon gekonnt hätten.

Witwen stellen sich vor, wie es wäre, wenn ihr Mann plötzlich wieder da wäre. Manchmal spielen sie dieses alberne Spiel. Sie machen sich schön, um auf seine Rückkehr zu warten. Sie gehen zum Friseur und lächeln ihr Spiegelbild an.

Witwen gestalten ihr Haus oder ihre Wohnung so, wie es ihnen gefällt. Nichts liegt mehr herum, kein Schlüsselbund, keine Brieftasche, keine schmutzige Wäsche, keine Zeitungen, kein voller Aschenbecher steht mehr da. Sie müssen keine Hemden mehr bügeln und keine Hosen mehr aufhängen.

Witwen fürchten sich vor Spiegeln, sie haben Angst vor dem Schimmern, den Schatten, den unscharfen Linien. Witwen mögen es nicht, wenn sich die Vorhänge im Wind bauschen. Sie mögen es nicht, wenn Türen zuschlagen oder wenn der Dachstuhl knarrt. Witwen haben Angst vor allem, was unsichtbar ist.

Witwen haben Angst davor, älter zu werden und schließlich das Alter ihres Ehemanns zu erreichen. Sie wollen nicht älter werden als er. Sie ertragen es nicht, irgendwann die Ältere zu sein. Eines Tages werden sie so alt sein, dass sie die Mutter ihres Ehemanns sein könnten. Und sie wollen nicht, zu allem hin, auch noch ein totes Kind haben.

Witwen schreiben kurze Sätze in ihr Notizbuch. Sie haben die Angewohnheit, sich nach wie vor mit ihrem Mann zu unterhalten. Sie schildern ihm ihren Alltag. Das tun sie natürlich nur heimlich, denn sie wollen nicht, dass man sie für verrückt hält.

Witwen gehen auf den Friedhof. Sie haben ein kleines Geheimnis, eine Art Treffpunkt für ihre Stelldichein, sie haben ein Alibi, eine Entschuldigung, an der nicht zu rütteln ist. Witwen haben einen winzigen Trumpf, nämlich den, andauernd außer Haus sein zu können.

Witwen legen sich eine Katze zu, die sie beim Fernsehen streicheln. Sehr häufig mögen sie diese Katze aber gar nicht wirklich und wenn sie sie füttern, sind sie in Gedanken ganz woanders.

Die Nachbarn zeigen mit dem Finger auf die Witwen. Diese haben etwas, das die Anderen nicht haben. Sie können tun, was sie wollen, man findet sie immer irgendwie suspekt und tapfer. Sie werden zu Versuchskaninchen, zu Forschungsobjekten, die man argwöhnisch beäugt.

Witwen wissen nicht, was sie mit ihrer freien Zeit oder ihren Ferien anfangen sollen. Sie studieren den Kalender, füllen die leeren Kästchen aus, versuchen die Lücken zu stopfen. Witwen hassen den Freitagabend. Und sie fürchten die Sonntage.

Witwen putzen das Haus, um die Zeit totzuschlagen. Sie putzen die Fenster, wringen ihren Scheuerlappen aus, polieren das Badezimmer auf Hochglanz. Sie versuchen, den Schandfleck wegzuwischen, der in ihr Haus gefallen ist.

Witwen haben jedoch kein Monopol in Sachen Schmerz. Das gibt man ihnen unablässig zu verstehen. Man weist sie manchmal zurecht, bleibt ihnen die Antwort schuldig. Witwen sind nicht lustig, ganz bestimmt nicht.

Witwen haben kein Liebesleben. Sie schlafen in dem großen Ehebett, bleiben aber stets auf ihrer

Hälfte. Während der ersten Wochen vergraben sie den Kopf im Kopfkissen ihres Mannes, dessen Bezug sie so lange wie möglich nicht wechseln.

Witwen sind arme Geschöpfe. Sie klammern sich an Details, an ein Bild, ein Wort. Sie leben weiter, weil sie keine andere Wahl haben. Aber manchmal sterben sie auch.

Witwen haben Angst vor Erinnerungen. Sie würden sich lieber nicht erinnern. Sie wissen die letzten Worte nicht mehr, die sie gewechselt haben, erinnern sich nur vage. Witwen hören die Stimme ihres Ehemanns nicht mehr, sie würden es gern, doch die Stimme entgleitet ihnen.

Witwen verwechseln Wörter. Sie versprechen sich. Die Sprache verrät sie, sie liegen im Clinch mit der Sprache. Sie lesen *Schmerz* statt *Scherz*, *Tod* statt *Tor*, *Grab* statt *Gras*, *Kranz* statt *Glanz*. Sie verwechseln Silben, leiden plötzlich an einer Leseschwäche. Sie sind wie besessen von Wörtern, die mit dem Tod zu tun haben. Sie hassen das Wort *verscheiden*, hören lieber *entscheiden*, sie lehnen den Gedanken ab, jemand könne sich dafür entscheiden zu verscheiden. Sie können sich nicht mehr *totlachen*, *todmüde* sein oder etwas *sterbenslangweilig* finden. Sie reagieren sehr sensibel auf solche Worte bei anderen und fragen sich, ob diesen auch klar ist, was sie da sagen. Ihnen ist ständig bewusst, dass der Tod untrennbar mit dem Leben verbunden ist. Darin sind sie wahre Meisterinnen.

Witwen wagen nicht auszusprechen, wie ihr Mann wirklich war: schwierig, brutal, gleichgültig, egoistisch. Sie erlauben sich nur zarte Andeutungen, gönnen sich kleine Kompromisse. Witwen wagen nicht zu sagen: Was für eine Erlösung!

Witwen nehmen die Finanzen wieder selbst in die Hand, manchmal auch das Geschäft, die Kundschaft. Sie empfangen den Mann von der Versicherung, von der Bank, der Druckerei, der Spedition. Witwen verwandeln sich manchmal in Männer. Einige von ihnen genießen es sogar.

Witwen sind untröstlich. Sie sind mit ihren Gedanken woanders, unerreichbar, für immer verloren. Witwen stehen abseits: neben dem Leben, dem Vergnügen, der Schönheit.

Witwen sind nicht auf den Kopf gefallen. Sie wissen, dass sie unter Beobachtung stehen. Man wacht und urteilt über sie. Es gibt eine Moral, die sie respektieren, ein Andenken, das sie in Ehren halten müssen. Sie sollten sich gut benehmen.

Witwen gehören automatisch dem Clan der einsamen Frauen an. Sie werden zu Frauenabenden eingeladen, gehen abends mit Freundinnen aus. Man gliedert sie ein in die Gruppe der Geschiedenen, Getrenntlebenden, Ledigen. Sie wissen nicht recht, was sie in dieser neuen Gemeinschaft zu suchen haben. Sie fürchten diese männerlose Welt. Denn sie haben ja gar nichts gegen Männer.

Witwen fürchten Familien, bis an den Rand vollgepackte Familienautos à la Renault Espace. Es versetzt ihnen einen Stich ins Herz, wenn ein Kind *Papa* sagt. Doch dann lächeln sie dümmlich, um ja keine Aufmerksamkeit auf sich zu ziehen.

Witwen werden zu einer Bedrohung für die anderen Frauen. Denn sie sind ja wieder verfügbar.

Witwen gehen nur heimlich aus, sie nehmen den Bus oder ein Taxi. Manchmal treffen sie sich in der Stadt mit einem Mann. Den sie lieben. Oh ja, sie sind durchaus noch fähig zu lieben und geliebt zu werden. Doch darüber reden sie mit niemandem. Denn sie haben ein schlechtes Gewissen.

Witwen können aber auch wieder heiraten. Bei uns in Frankreich bedeutet *refaire sa vie* ein völlig neues Leben beginnen, ganz ›von vorn beginnen‹, aber auch ›wieder heiraten‹. Erst dann vergisst man, dass sie Witwen sind.

Unsere Sachen

Ich hatte mir diesen Augenblick schon mehrmals
vorgestellt. Wie du die Wohnungstür aufschließt,
mit dem Schlüssel, den du ja noch hast. Wie du
unsere gemeinsamen Gegenstände in Augenschein
nimmst, um zu entscheiden, welche davon du mitnehmen und welche du hier lassen wirst. Vertrau-
ensselig hatte ich dir gesagt, du könnest alles mitnehmen, was du haben möchtest, und um meine
Großzügigkeit noch zu unterstreichen, fügte ich
hinzu, dass ich Gegenständen ohnehin keinen
großen Wert beimesse. Wir würden uns doch
nicht dazu herablassen, über materielle Dinge zu
streiten! Wir hatten uns vorgenommen, die *Dinge*,
die den Rahmen unseres zwölfjährigen Zusammen-
lebens bilden, mit der gebotenen Distanz zu betrachten. Wir würden das Ganze mit Würde hinter
uns bringen, haben wir uns versichert, wir würden

über der Sache stehen, nachdem das Wesentliche nun geregelt war. Wir würden kein weiteres Mal versagen. Wegen eines Teppichs, eines DVD-Players oder eines marokkanischen Spiegels. Ich hörte deinen Schlüssel im Türschloss, nachdem du geklingelt hattest, und erstarrte mitten in einer Bewegung. Ich wusste, dass du an diesem Morgen kommen würdest und wollte unbedingt da sein. In der Küche duftete es nach frischem Kaffee, und ich bot dir eine Tasse an, die du am Fenster im Stehen getrunken hast. Du wolltest fertig sein, bevor die Mädchen aus der Schule kämen. Nach einer gemurmelten Entschuldigung bist du dann entschlossenen Schrittes ins Wohnzimmer gegangen. Ich bin dir nicht gefolgt, ich wollte dich allein entscheiden lassen, vor unserem großen Bücherschrank, unserer Plattensammlung. Ich wollte dich in aller Ruhe nachdenken und die Gegenstände betrachten lassen, die wir von unseren Reisen mitgebracht hatten, denn das würde dir sicher vor Augen führen, wie dumm es von dir gewesen war, wegzugehen. Ich wollte dich nicht beeinflussen, ich zwang mich, nichts zu empfinden, und ich wusste, dass du dich zur selben Zurückhaltung zwingen wolltest: nur keine heftigen Gefühle, kein Zögern, keine Schwäche. Ich blieb also in der Küche, wo ich um Hände und Kopf irgendwie zu beschäftigen hektisch zu putzen begann und malte mir dabei aus, dass du dir vor deinem Kommen ganz genau überlegt hattest, wie du vorgehen würdest. Was sich in jedem Schrank, jeder Schublade, auf jedem Regalbrett befindet, bist du im Geiste sicher längst durchgegangen. Während ich an meinem Herd stand und verbissen die Herdplatten scheuerte, stellte ich mir vor, dass du im Voraus eine topographische Bestandsaufnahme aller Gegenstände gemacht hattest und nun mit der Präzision eines Meisterdiebs vorgehen würdest, mit Takt, Fingerspitzengefühl und Eleganz. Während das Wasser in Strömen in die Spüle floss, überlegte ich mir, dass du mir durch deine Auswahl etwas mitteilen, mit mir kommunizieren würdest, in einer Sprache, aus der ich eine neue Botschaft herauslesen könnte. Ich drehte den Wasserhahn zu und dann umso stärker auf und hoffte, dass du mir noch etwas zu sagen haben würdest. Als ich in meinem vorgetäuschten Großmut vorschlug, die Entscheidung darüber, was du haben wolltest, dir zu überlassen, war mir nicht bewusst gewesen, dass ich dir damit eine Falle stellte. Ich hatte dich herzitiert, um dich mit etwas Unmöglichem zu konfrontieren, überlegte ich mir nun, als ich mir die Gummihandschuhe auszog, und vermutlich wollte ich dich auf diese Weise für die Erniedrigung und den Schmerz büßen lassen, die du mir zugefügt hattest. Weil ich nichts hörte und es nicht wagte, die Küche zu verlassen, beschloss ich, die Zeit zu nutzen und gleich auch noch die Fenster zu putzen, was ohnehin seit Monaten überfällig war. Ich nahm es mir übel, dass ich wie eine Gefangene in meiner Küche blieb und mir nichts Besseres einfiel, als jeden Quadratzentimeter auf Hochglanz zu polieren. Ich machte das Radio an, um eine heitere Stimmung zu verbreiten und um damit jede unserer Bewegungen und Gesten zu neutralisieren. Es kam *Pour la peau*, eines der Chansons von Dominique A, das wir auch an dem Abend gehört hatten, als du plötzlich verkündet hast, du seist dir »nicht mehr sicher, ob du mich noch liebst«, nachdem wir friedlich eine Flasche Weißwein getrunken hatten. Ich wechselte den Sender, und es kam Mozarts *Requiem*, was mir prompt wieder bewusst machte, wie hoffnungslos die Situation war. Um nicht ständig daran denken zu müssen, dass du hier warst, begann ich, den Inhalt des Küchenschranks zu sortieren. Ich stellte die Gewürzgläschen auf den Tisch, legte die abgelaufenen Tütensuppen daneben und stellte anschließend jedes Glas, jede Dose und jeden Behälter in den Schrank zurück, wobei ich sie mit einer geradezu fanatischen Akribie unterteilte – alles Süße nach unten, alles Salzige und Saure nach oben – während du das Wohnzimmer wahrscheinlich einer ähnlich kritischen Betrachtung unterzogen hast wie ich die Küche. Ich stellte mir vor, wie du jeden Gegenstand im Licht seiner und folglich auch unserer Geschichte betrachten und vermutlich irgendwann von der Erkenntnis überwältigt werden würdest, wie absurd diese ganze Situation war. Zumindest redete ich mir das ein, während ich mir eine weitere Tasse Kaffee einschenkte und hoffte, dass du dich an jedem Gegenstand, den du in die Hand nimmst, verbrennen würdest und er dich in die Zeit zurückkatapultieren würde, in der du dir »noch sicher warst, mich zu lieben«; ich betete, dass die Gegenstände, für die du dich entscheiden würdest, dir deinen Seelenfrieden rauben und in deinem neuen Leben als Störenfriede fungieren würden, als Schaden anrichtende Fetische. Und je mehr Minuten verstrichen, desto verzweifelter fragte ich mich, was du wirklich hier in deiner alten Wohnung suchtest. Was, wenn dich plötzlich wieder ein Anfall von Grausamkeit überkäme und du deinen zerstörerischen Impulsen nachgäbest, wie um ein Haar damals, bei einer unserer Diskussionen oder besser gesagt Konfrontationen, als die Kinder nebenan schliefen, und wir uns gegenseitig unsere Abrechnung präsentierten. Während ich am offenen Fenster stand und eine Zigarette rauchte, packte mich die Angst, dass es bei deinem Besuch in

Wirklichkeit um etwas ganz anderes, wesentlich Wichtigeres gehen könnte, nämlich darum, Spuren zu verwischen, jeden Beweis der gemeinsam verbrachten Jahre zu vernichten, *Die bleierne Zeit*, wie du mir so gern vorgeworfen hast, *düstere Jahre*, *wie konnte ich es nur so lange ertragen?*, wie du hinzufügtest. Doch ich riss mich wieder zusammen, stellte das Radio leiser, um hören zu können, was du machst; doch es gab nichts zu hören, du warst mucksmäuschenstill, um mir ja keine Hinweise zu geben, nichts. Offenbar bewegtest du dich so lautlos wie ein Gespenst, wie der Schatten, zu dem du die letzten Monate geworden warst. Dann glaubte ich, dass du ins Zimmer der Mädchen gegangen bist, was mir absolut nicht behagte, wie ich mir eingestand, während ich den Kühlschrank auswusch. Oder warst du gar in unser Schlafzimmer gegangen, was mich noch mehr gestört hätte? Aber was hättest du dort schon mitnehmen wollen, sagte ich mir. Deine Kleidung hattest du gleich in den ersten Tagen mitgenommen, versuchte ich mich zu beruhigen, während ich das Eierfach auswusch, in unserem Kleiderschrank war nichts mehr, das dir gehörte. Oder interessierst du dich auf einmal für die Fotoalben in der Kommode? Das wäre etwas ganz anderes, wie mir plötzlich durch den Kopf schoss, denn über die hatten wir gar nicht geredet, dieser

Punkt stand noch aus. Aber nein, du warst noch immer im Wohnzimmer, und ich glaubte, das Parkett knarren zu hören. Das bedeutete, dass du herumgingst, vielleicht warst du am Schwanken, konntest dich nicht entscheiden. Dann hörte ich dich zwei Akkorde auf der Gitarre anschlagen, was ich äußerst geschmacklos fand, doch es war schließlich deine Gitarre, wie ich mir sagte, als ich die Butter, Joghurts und Flaschen aus dem Kühlschrank nahm, um auch die Zwischenfächer gründlich putzen zu können. Ich wunderte mich nur, dass du sie nicht schon früher mitgenommen hattest – Männer gehen nie ohne ihre Gitarre – aber andererseits hatte ich es ja schon lange aufgegeben, jede deiner Reaktionen verstehen zu wollen.

Während ich noch wie eine komplette Vollidiotin vor den Fächern des Kühlschranks kauerte, standest du auf einmal unter der Tür und sagtest, du würdest jetzt gehen und seiest nach reiflicher Überlegung zu dem Schluss gekommen, nichts mitzunehmen, weil es dir doch nicht wichtig sei. Und ohne mir die Gelegenheit zu geben, dir eine weitere Tasse Kaffee anzubieten, kalten Kaffee diesmal, um dein endgültiges Weggehen um ein paar Minuten hinauszuzögern, noch bevor ich die Falten meines Rocks hätte glatt streichen können, sagtest du, du würdest die Kinder wie vereinbart am Freitagnachmittag von der Schule abholen. Du hast dich mustergültig benommen, hast absolut nichts mitgenommen, keines der Bücher, die dich geprägt haben, keine der Platten oder CDs, um die herum wir unsere Liebesgeschichte aufgebaut hatten, keine Nippfigur, nicht einmal den *Bärtigen Mann*, den ich dir zu deinem vierzigsten Geburtstag geschenkt hatte. Auch nicht das kleine Bild, vor dessen Kauf ich vor einigen Jahren so lange mit mir gerungen hatte und dessen Titel *Sieg* nun gar nicht mehr in die Wohnung passte. Du hast mich im Stich gelassen mit all unseren Gegenständen, mit dem Kühlschrank und der Spülmaschine, dem Fernseher und der Stehlampe im Wohnzimmer, du hast mich allein gelassen mit den vollen Schubladen und Bücherregalen und mir nichts hinterlassen als Leere. Du hast mir die Fortsetzung unserer Geschichte vermacht, mit all ihrer Substanz, all ihren Nuancen, du hast mir den Wald mit all seinen Bäumen hinterlassen, den alten, morschen Baumstümpfen, dem wild wuchernden Kletterefeu. Du bist fortgegangen, ohne eine Trennung zu vollziehen, du hast die Wohnung verlassen, ohne die Vorhänge herunterzureißen. Du bist keinerlei Risiko eingegangen, bist mir jeden Beweis schuldig geblieben und geflohen, ohne Spuren, Zeichen oder Reisegepäck zu hinterlassen. Du hast keine Brücke zwischen deinem vergangenen und deinem zukünftigen Leben geschlagen. Um mich zu schonen, wie du mich glauben machen wolltest, doch auf diese Weise hast du mir den Todesstoß versetzt. Und wenn ich mich beschwert hätte, hättest du sicher gesagt, ich hätte wieder einmal nichts kapiert, du hättest mir vorgeworfen, *ich kann tun, was ich will, du hast immer etwas auszusetzen*; wenn du den kleinen Teppich und die Platten von Christophe Miossec mitgenommen hättest, hätte ich dir Gemeinheit und Niederträchtigkeit unterstellt, hättest du die Holztruhe aus dem Flur genommen, hätte ich es als Rachsucht gedeutet, hättest du den großen Bildband über den Maler Eugène Boudin genommen, hätte ich es als anmaßend empfunden. Und aus diesem Grund hättest du gar nichts mitgenommen, würdest du sagen, hättest du es vorgezogen, nichts anzurühren. Du hast die Tür hinter dir zugemacht, und ich saß da, für immer allein in einer Wohnung, die bis zum Rand angefüllt war mit unserer gescheiterten Beziehung.

Die Zeit ist vergangen

Die Zeit ist vergangen, mein Lieber, und du bist da. Die Kinder sind vor kurzem ausgezogen, wir hatten nicht damit gerechnet, dass sie ausgerechnet ans andere Ende der Welt ziehen würden, um sich dort ihr Leben aufzubauen, wir wussten nicht, dass wir eines Tages über fünfzig sein würden. Mein Herz ist schwer, aber nicht, weil wir erneut wieder nur zu zweit sind, sondern deshalb, weil uns nur noch so wenig Zeit zum Zusammenleben bleibt. Und da mein Herz heute Abend so schwer ist, wollte ich mit dir reden, bevor es zu spät ist. Ich komme mir lächerlich vor, man bestellt seinen Liebsten nicht ein, um sich bei ihm zu bedanken, man hält den Lauf der Dinge nicht auf, um auszusprechen, dass man glücklich ist. Aber seltsamerweise verspüre ich heute Abend Angst, dich zu verlieren, einfach so, ohne Grund, vielleicht weil sich der Herbst meiner bemächtigt und einen Vorgeschmack auf das Ende mit sich bringt. Was haben wir nur mit all der Zeit gemacht, mit diesen dreißig Jahren, die uns altern sahen und in deren Verlauf sich unsere Hoffnungen gewandelt haben? Wir mussten begreifen, dass wir die Welt nicht verändern würden und haben so unsere Sicht der Welt verändert, wir haben ebenso viel nachgedacht wie gehandelt. Wir haben versucht, uns zu arrangieren, mittels kleiner Dinge, kurzer Momente, die wir dem universellen Lauf der Dinge abgetrotzt haben. Aus dem Anderen haben wir die Kraft geschöpft, wir selbst zu sein. Oft reichte mir schon ein Blick von dir, um etwas zu wagen. Man unterschätzt die Macht eines Blickes, man weiß nicht, welche Spuren er im Leben eines Anderen hinterlassen kann. Meist begreift man es erst, wenn dieser Blick erloschen ist. Dann spürt man, wie einen die Kraft verlässt, und sich an ihrer Stelle ein Zittern einstellt, das einen nie mehr verlassen wird.

Dies hier soll keine Bestandsaufnahme werden, mein Liebster, sondern ein Anlauf, ein weiterer Impuls der Annäherung. Wenn ich sehe, wie schwindelerregend viele Paare um uns herum Schiffbruch erleiden, der Illusion lang ersehnter Freiheit erliegen, den Fantasien exaltierter Glücksmomente und grenzenloser Lust, wenn ich höre, wie schmerzlich es ist zu lieben oder nicht mehr zu lieben, wenn ich die vielen Bücher lese, in denen die Narben einer Niederlage beschrieben werden, in denen der Verlust geradezu idealisiert wird! Ich dagegen habe den Mut, mich an dich zu wenden und dir erneut zu versichern, dass ich dich liebe. Ich weiß, so etwas ist lächerlich und altmodisch und wahrlich nicht weltbewegend. Doch wenn ich heute Abend erneut ja sagen müsste, dann würde ich es tun und ja sagen zu einem Leben an deiner Seite. Aber natürlich sage ich es nur leise, sonst würden wir womöglich noch ausgelacht, wir – zwei ältere Herrschaften in den Fünfzigern, die glauben, plötzlich wer weiß was Tolles entdeckt zu haben, nur weil sie wieder enger zusammenrücken, nachdem ihre Kinder das Haus verlassen haben – man könnte uns für zwei Schwachköpfe halten. Es ist ohnehin nur eine Sache zwischen dir und mir, oder besser gesagt zwischen mir und mir, weil ich es mir zur Gewohnheit gemacht habe, ganz allein im Dunkeln zu reden, seit du nicht mehr da bist.

Inhalt